U0944927

亚瑟·戈登·皮姆的故事

The Narrative of Arthur Gordon Pym of Nantucket

（美）爱伦·坡◆著
夏红星◆译

新华出版社

图书在版编目（CIP）数据

亚瑟·戈登·皮姆的故事/（美）爱伦·坡著；夏红星译
北京：新华出版社，2015.6
书名原文：The Narrative of Arthur Gordon Pym of Nantucket
ISBN 978－7－5166－1783－0
Ⅰ.①亚… Ⅱ.①爱…②夏… Ⅲ.①长篇小说—美国—近代
Ⅳ.①I712.44
中国版本图书馆 CIP 数据核字（2015）第 143536 号

亚瑟·戈登·皮姆的故事

作　　者：（美）爱伦·坡　　**翻　　译：**夏红星

出 版 人：张百新　　**封面设计：**李尘工作室
责任编辑：曾　曦　　**责任印制：**廖成华

出版发行：新华出版社
地　　址：北京石景山区京原路 8 号　　**邮　　编：**100040
网　　址：http：//www.xinhuapub.com
http：//press.xinhuanet.com
经　　销：新华书店
购书热线：010－63077122
中国新闻书店购书热线：010－63072012

照　　排：新华出版社照排中心
印　　刷：北京文林印务有限公司

成品尺寸：145mm×210mm　1/32
印　　张：6.5　　**字　　数：**150 千字
版　　次：2015 年 10 月第一版
印　　次：2015 年 10 月第一次印刷

书　　号：ISBN 978－7－5166－1783－0
定　　价：22.00 元

前言

数月前，当结束在南太平洋和其他一些地方的一系列冒险（具体情况本书后面文中将为大家一一道来）回到美国本土之后，无意间在弗吉尼亚州里士满结识了几位先生。他们对于我探访过的那些地方兴趣十足，不断催促我将种种经历公之于世。然而，我有理由拒绝那么做。其中一些理由是个人的，与他人无关，只关乎我自己；除此之外，还存在一些这样那样的理由。让我心生踌躇的一个原因是，在旅途过程中，绝大部分时间我并未记录日记，故此担心单凭记忆无法一一还原当时的种种真实场景。但是在详细叙述之时，肯定不会缺乏自然而然、无可避免的夸张色彩，相信这也是读者们喜闻乐见的，并且这些夸张手法有助于激发我们丰富的想象力。让我颇感犹豫的另外一个原因是，我所要叙述的事件本身就极为不可思议，我的一些断言很可能无法提供可信的依据（有一个人可以作证，他是一名印度混血儿），我只能寄希望于我自己的家人相信我，此外还有我相交一生的朋友们，他们了解我，知道我诚实的本性。绝大多数读者肯定会认为我所讲的仅仅是精心虚构的虚假故事。而对于自己写作水平的不自信也是我迟迟不能下笔的原因之一。

对我的故事表示出极大兴趣的那些弗吉尼亚州的绅士中有一位名叫坡的先生，他最感兴趣的部分是与南冰洋相关的内容。坡先生是《南方文学信使》杂志的一名编辑。《南方文学信使》是一份创刊于里士满的月刊，出版人为托马斯·怀特。坡先生和其他支持者一样，强烈建议我立刻将自己的所见所闻详尽细致地一一道来，他坚信公众的精明和常识，并坚持说不管叙述多么粗糙，我的书都应该被出版，或许它的质朴粗粝更能说服读者们相信我所讲的是事实。对于这一点我觉得似乎有些道理。

尽管专心聆听了坡先生的劝说，我仍旧没有下定决心如他所建议的那样完成这本书的写作。后来，他又提议（发现我有可能根本就不会动笔），在我口述细节的基础上，允许由他来执笔将冒险经历的前面部分写出来，然后在《南方文学信使》杂志的小说版予以发表。我同意了这一提议，只是要求他不得透露我的真实姓名。不久之后，这本记载着大量事实的书被当作小说发表，其第一章和第二章分别刊登在《南方文学信使》1837 年的一月和二月刊上。为了让大家相信这只是一本小说而已，坡先生的名字出现在了该部小说的目录中。

这一策略的成功诱使我开始亲自动手进行常规性编汇以及出版工作，将那些颇具争议的过往冒险经历一一推到公众眼前。我发现，尽管经过精巧设计，杂志上刊载的这些故事看似虚构的无稽之谈（其实它们完全是事实，没有任何更改或扭曲），但是并非所有的读者都将它当成是小说。坡先生收到了大量的读者来信，信中纷纷表示他们相信这些故事是实实在在发生过的。之所以会这样，我认为是因为我的口述本身就具有一种真实的特质，可以说服读者去相信故事的真实性，而我也因此打消了故事不为大众所接受的疑虑。

现在真相大白，我承认了自己才是这本书的真正作者，很快便可以知道这一披露所带来的后果和影响了。读者们也将明白，由坡先生执笔的前几个章节所叙述的均为事实，不存在任何虚构。即便是那些没有阅读过《南方文学信使》的读者，也无需知道坡先生的著述止于哪个章节，而我的著述又始于哪一章节，因为你很快便能发现我们两人写作风格的不同之处。

亚瑟·戈登·皮姆

纽约，1838 年 7 月

第一章

我叫亚瑟·戈登·皮姆，父亲是南塔克特一位受人尊敬的海产商人，南塔克特是我的出生地。我的外祖父是一位相当成功的代理人，他干什么事情都有好运相伴，曾经在埃德加顿新银行的股票投机上成功地大赚了一笔。靠着买卖股票以及其他一些途径，他攒下了很大一笔钱。我相信在这个世界上，他最喜欢的人就是我，我也期待在他死后能够继承他的大部分遗产。我六岁的时候，外祖父便将我送到里克茨老先生的学校去，这位老先生只有一条胳膊，脾气还特别古怪——凡是来过新贝德福德的人，几乎没有不知道他的大名的。我在这所学校里一直待到十六岁，然后去了位于山上的 E·罗纳德先生的学院。在那里，我认识了巴纳德船长的儿子。巴纳德船长一般受雇于劳埃德和布兰登堡公司，负责开船出海，他在新贝德福德也相当有名望，我肯定他在新埃德加顿一定也交友甚广。他的儿子名叫奥古斯特，比我大两岁左右。他曾经随父亲乘坐约翰·唐纳逊号船去捕鲸，他还经常对我说起自己在南太平洋的种种历险经历。我经常和他一起回家，整天和他待在一起，有时候还整夜待在一起。我们躺在一张床上，他总给我讲提尼安岛上土著人的故事，以及他在旅行中的各地见闻，让我整夜都无法入睡，直到天蒙蒙亮。最后，我觉得实在无法克制自己对他所讲故事的浓厚兴趣，就这样潜移默化地，我产生了想要出海的强烈愿望。我拥有一条名叫“阿里尔”的帆船，它大约价值 75 美元。帆船上有半个舱，或者说有一间小船室。这是一艘单桅帆船——我记不清它的承重量是多少，不过装十个人还绰绰有余。我们经常划着这条船去干一些甚为疯狂的事情，现在回想起来，我居然还能活着，这可真是奇迹。

我将讲述其中的一个冒险故事，以此作为后面更长、更重大的冒险故事的引子。一天晚上，巴纳德船长家里举行了聚会，将近结束时，奥古斯特和我都感觉醉醺醺的。像往常遇到这种情况时一样，我就睡在他床上，不回家去了。我起初以为他很安静地就睡着了（聚会大约一点才结束），因为他没有照例讲述自己喜欢的话题。我们躺到床上大约半个小时之后，就在我正要进入梦乡之际，他突然坐了起来，以一个可怕的誓言赌咒发誓说，西南方向正送来美妙的和风，即便是基督世界里的亚瑟·皮姆在，他也不愿意继续睡觉了。我生平从未这么吃惊过，也没有办法理解他意欲何为，我以为他刚才喝下去的那些酒让他完全失去了理智。但是，他又十分清醒地接着说下去，说他知道我以为他喝醉了，其实这会儿他再清醒不过。他还说，他不过是觉得如此美妙的夜晚，在床上像条狗似的躺着很让人心烦，他决定起床穿好衣服，驾船出海去找点乐子。我说不出自己到底中了什么邪，只知道他的话一出口，我就感到浑身涌过一阵兴奋和快乐的战栗，觉得他那疯狂的想法是世界上最令人愉快、最合情合理的主意。当时正刮着大风，天气很冷——已经是十月末，可我还是晕乎乎地跳下床，对他说，我和他一样勇敢，也同样厌烦了像条狗似地躺在床上，同样愿意像南塔克特的奥古斯特·巴纳德那样出门，去找点乐子。

我们迅速穿好衣服，来到船边。船停在潘基公司木料场旁一处破败陈旧的码头边，由于不停地撞击着原木，船帮已经出现了破损迹象。舱里装着半舱水，奥古斯特跳进船去将水舀干。之后，我们满满地扯起前帆和主帆，义无反顾地向大海驶去。

正如我刚才说过的那样，风从西南方向吹来，夜色清透寒冷。奥古斯特掌舵，我则站在桅杆边。船以极快的速度前行——自码头边解缆起航时起，我和奥古斯特便一句话都没说过。现在，我问自己的同伴他打算走哪条道，还问他准备何时返航。他吹了几分钟的口哨，然后生硬地说道："我要出海——你如果想回去就回去吧。"我看了看他，立刻发现他的"若无其事"是假装出来的，事实上他非常激动。借着月光，我可以很清晰地看见——他的脸色比大理石更苍白，手也颤抖得厉害，几乎快要抓不住舵柄。我意识到有些不对劲，立刻警觉起来。当时，我还不懂得如何驾驶船只，只能完全依靠朋友的航海技术。就在我们飞快地驶离陆地后，海风突然也刮得更猛烈了——不过我还是不好意思流露出害怕情绪，便在长达半个小时的时间里坚持一言不发。然而半个小时之后，我再也无法忍受了，便对奥古斯特说我们应该返航。像之前那样，他过了差不多一分钟才回答我，或者说才注意到我的建议。"马上就回去，"他终于开口说话——"时间够了——这就回家。”我所期待的正是这一回答，但是他讲这些话时的语调里，存在着一些让我觉得有无法言喻的恐惧感的东西。我再次仔细地看了看说话的人。他的嘴唇呈青灰色，膝盖猛烈地抖动着，看上去连站都站不稳了。“上帝啊，奥古斯特，”这时我真的害怕了，大声叫了起来，“你不舒服吗？——出什么问题了呢？——你要干什么啊？”“怎么回事！”他结结巴巴地说，很显然大吃了一惊，边说话边松开了他抓着舵柄的手，然后便倒在舱底——“怎么回事——为什么这么问？哪有什么——事情——回家——你——你——你不懂吗？”突然间我明白了事实的真相。我赶紧冲过去将他扶起来。他喝醉了——醉得一塌糊涂——他站不稳，无法言语，也看不见东西。他的双眼如同玻璃球那样呆滞无神。在极度的绝望感中我一松手，他便像一根木头一样倒在我刚才扶他起来的积着水的舱底。很明显的是，晚上的聚会上，他喝下的酒比我想象的要多得多，而他在床上的行为举止是高度酒精中毒的症状——那种症状类似于疯癫，经常会使受害人模仿神志完全清醒的人的举动。然而，夜间的寒风产生了惯常的效果——它开始影响人的心智能量——而他当时的意识毫无疑问是非常混乱的，认识不到自己所处的境况有多危险，这进一步促成了如今的灾难。现在他已经完全失去理智，并且不能指望几小时之内这种情况会有什么改变。

很难想象我此时极度恐惧的心理。不久之前酒精作用下积聚的勇气已经消失殆尽，我现在感觉到前所未有的胆怯和犹豫不决。我知道自己根本就不会驾驶船只，而强劲的海风和强大的落潮正在将我们快速推向毁灭。很明显的，在我们身后正聚集着一场风暴，而我们则既没有罗盘也没有补给。并且，如果我们按照目前的航向继续行驶，毫无疑问，在天亮之前就看不见陆地了。

这些想法和其他一些同样可怖的念头，以令人措手不及的速度涌上心头，一时间我全身麻木，无法做出任何举动。而船正以可怕的速度在水中向前行驶——风将帆吹得满满的——无论是前帆还是主帆都无法收起——船头被汹涌的海浪泡沫所覆盖。船没有突然横转简直是个奇迹——之前我已经提到过，奥古斯特早就松开了舵柄，而我在焦虑不安的状态下也没想到去将它抓起来。然而幸运的是，船依然保持平稳，我的神志也渐渐变得清明一些。风力还在不断增强，可怕极了；每当船头向下俯冲、然后高高抬起，后面的海水就会冲上船尾，将我们浇得浑身透湿。我的四肢都处于麻木状态，几乎完全失去知觉。最后，我于绝望之中鼓起全部勇气冲向主帆，然后迅速将其松开。正如预计的那样，它飞掠过船艄，被海水淋得湿透，连同桅杆一起擦过甲板掉进了海里。这一意外事件使我逃过了一场即将到来的灭顶之灾。这时，唯一剩下的前帆已经被风吹得满满鼓起，带着船只继续前行。有时会有大浪漫过船板，但是已经没有立刻丧命的恐惧，我稍稍放心了点。我抓起舵柄，一想到我们还有最后逃生的可能，呼吸也变得顺畅了些。奥古斯特依然无知无觉地躺在舱底，由于他随时存在着被淹死的危险（他倒下的地方，水位将近有一英尺深），我奋力将他扶起来，用一根绳子的一头拴住他的腰部、另一头绑在船舱甲板螺栓上的方式来使他保持着坐姿。虽然我自己觉得寒冷难耐、焦虑不安，但还是尽量把一切安排稳妥，然后就将自己的命运交给上帝，下定决心用上我的所有勇气和毅力去承受可能发生的一切状况。

我刚好不容易下定决心，却突然传来一阵长长的尖叫声或大喊声，那声音像是从成百上千个魔鬼的喉咙中发出来的一般，包围了整条船。我这辈子永远也不会忘记此时此刻所感受到的极度恐惧，毛骨悚然——只觉得血管里的血液正在凝固——我的心脏完全停止了跳动，我还没来得及抬眼看看让我心惊胆寒的声音到底从何而来，便一头跌倒在我那位倒在船舱里的同伴身旁，失去了知觉。

待到苏醒过来时，我发现自己躺在一条开往南塔克特的大捕鲸船（企鹅号）的船舱里。好几个人围绕在我的身边，奥古斯特脸色苍白得像个死人，正忙着揉搓我的双手。见我睁开了眼睛，他满怀着感恩和快乐地大叫出声，使得在场的粗壮汉子们也又哭又笑起来。很快，我们俩能活下来的谜底便被揭开了。我们的船是被这条捕鲸船撞翻的，当时它正迎风航行，张开所有的帆，全速向南塔克特驶去，结果其航道刚好与我们的小船的航向成直角。当时有几个人在前部瞭望，但他们都没有看见我们的船，等到发现时，碰撞已变得无可避免了——他们发现我们时所发出的高声警告，正是让我觉得极端惊恐的那阵声音。我得知，大船在转瞬之间便压上了我们的船，就像我们的小船碾过羽毛那般毫不费力，而大船的航行并未因此而受到丝毫阻挡。受害者的甲板上也没有传来任何惊呼——混杂着狂风巨浪的呼啸，只听见一声轻轻的摩擦声，那是小船被毁灭时擦到了大船的龙骨上所发出的——只有这一下声音而已。船长（新伦敦的 E·T·V·布洛克船长）对此并不在意，准备继续航行，他认为我们的船（必须记住它的桅杆已然折断）不过是被撞碎后漂浮在海上的几块废物。幸运的是，有两名参加瞭望的船员坚定地声称看见我们的船舵旁边有人站着，并说还有可能将他救起来。大家为此议论纷纷，布洛克非常生气，过了一会儿他说他才没空一直去观看那堆碎蛋壳，还说船不能因为大家的胡说八道而停止行驶，即使真有人被撞翻了，那也是他自己咎由自取——还不如让他被淹——最好淹死，反正就是一些诸如此类的话语。亨德森大副与其他船员一样，对于这番冷酷无情的话感到非常气愤。大副见自己获得了其他船员的支持，便坦率地对船长说，他认为船长才是应该被送上绞刑架的那个人，还告诉船长说，哪怕自己一上岸就会被吊死也绝对不会执行他的命令。说完，亨德森大副将布洛克船长（此时他脸色惨白，没有出声）推到一边，大步走到船尾，操起舵柄，用坚定的声音发出命令：掉头航行！水手们迅速回到各自的岗位上，船也顺利地掉了头。完成所有这些过程花费了将近五分钟的时间，通常情况下要想救人已经不太可能了。但是，正如各位读者在前面已经读到的那样，奥古斯特和我两人最终都获救了，我们的获救似乎归因于两次最让人难以置信的好运气，聪明的人和虔诚的人则将这归功于上帝的保佑。

当捕鲸船还在掉头时，大副就放下了船上的小艇，与两个宣称刚才看见了我的掌舵水手一起跳了上去。他们刚离开大船（月色仍旧明亮皎洁），大船便开始缓慢而沉重地朝着迎风方向倾斜。与此同时，亨德森大副从座位上跳起来，对水手们高声呼喊着"倒舵"。他别的什么都没有说，只是焦急地重复喊着：倒舵！倒舵！水手们尽全力使船向后倒去，然而此时，尽管船上所有的人都在尽全力想要放下船帆，船头却已然掉转，船正以飞快的速度前行。尽管危险重重，但是大副一见到可以够着主锚链了，便立刻伸手将它紧紧抓住。船身又发生了一阵倾斜，右船舷几乎完全露出水面，此时此刻，大副的焦虑明显可见。他看见有一个人的身体以十分奇特的方式贴在平滑闪亮的船底（企鹅号的船底包着铜皮、使用铜线加以紧固），随着船的每一次起伏，不断重重地撞击着船底。大伙趁着大船一次次倾斜的机会进行了好几次努力，最后冒着小艇被海浪吞没的危险，终于将我从危险的境况中解救了出来，抬上大船——那具身体真的就是我的。原来，船上的一根木栓条击破了铜裹的船帮，挡住了正在下跌的我，并将我以极不寻常的姿势紧紧固定在船底。木栓的尖头刺穿了我身上绿色厚呢夹克的衣领，刺进了我的后脖颈，从两块肌腱之间、右耳下方一点的地方穿了出来。人们立即将我抬上床——尽管当时我似乎已经完全没有了生命迹象。船上没有医生，但是船长给了我无微不至的照料——我想是当着船员的面，他想为之前自己那种恶劣的态度做点弥补吧。

与此同时，亨德森再一次离开了大船，尽管四周狂风大作。他没划多久，就遇见了我们那条小船的一些碎片。在那之后不久，同他一起前行的一名水手就说，他透过咆哮的暴风雨听见了有人在断断续续地喊救命。这使得那些勇敢的水手坚持继续搜索了半个小时，他们不顾布洛克船长反复打信号命令他们回船，也不顾在海上乘着那么单薄的小艇，每分钟都可能会遇上致命的危险。的确，无法想象，他们所乘坐的小艇怎么能够经得起一次大浪的打击。它是用于捕鲸的，而且我有理由相信，是用气箱装配的，就像威尔士海边的救生艇一样。

毫无结果地搜索了一段时间之后，大家决定返回大船。他们刚刚做出这样的决定，一块黑乎乎的物件便从艇边急速漂过，从上面还传来了一声微弱的呼喊。他们赶紧去追那样东西，很快便追上了。原来是爱利尔号整个船舱的甲板。奥古斯特就在它的周围挣扎，显然是在做着最后的挣扎。等到人们将他拉住时，才发现他是被一根绳索拴在了这块漂浮的木板上。别忘了，这根绳索就是当时我绑在他腰上的那一根，绳子的另一头绑在一根木栓上，当时是为了让他保持坐着的姿势。现在看起来，我这么做竟然救了他的命。阿里尔并不太结实，下沉时自然就散成了碎片，小舱的甲板便毫不意外地被汹涌而来的水流掀掉，整体脱离了船体，（毫无疑问，与其他碎片一起）漂到了水面——奥古斯特也同它一起浮了上来，因此逃过了可怕的死神。他被抬上企鹅号，过了一个多小时之后才能开口讲述自己的遭遇，才能明白我们的小船到底遇到了怎样的意外。最终，他完全清醒了，讲述了自己落水之后的种种感受。就在他刚开始恢复一点知觉的时候，他发现自己身处水面之下，以难以想象的速度旋转着，脖子上还有一根紧紧缠绕了三四圈的绳子。随后，他突然感觉自己正在迅速上浮，脑袋猛地撞上了什么坚硬东西，又一次失去了知觉。再次苏醒之后，虽然感觉神志比先前更清醒了一些，但还是搞不清楚周围的状况。现在，他明白出事故了，自己落水了，尽管嘴巴仍然露在水面上，还能够呼吸。此时甲板很可能是顺着风向急速漂动，将仰面浮在水上的他向后拽扯着。当然，他只要保持着这种姿势，就根本不可能会淹死。突然，一个大浪打来，将他横着冲上漂浮的甲板，他便拼命地保持着这种姿势，并断断续续地呼喊救命。就在他被亨德森大副发现的一刻，因为筋疲力尽，他便松手掉进了大海，听天由命了。在整个挣扎过程中，他根本就没有想起过阿里尔，也没思考过导致他这场灾难的原因所在。他全部的感知都被不明确的恐惧和绝望所占据。当他最终被人救起时，已经全然失去了知觉。就像之前所说的那样，他被抬上企鹅号后，过了一个多小时才完全明白自己所处的境况。至于我自己，是根据奥古斯特的建议，用在滚烫的油中浸泡过的绒布猛搓了全身，才从死亡的边缘被拉了回来（之前的三个半小时里，大家用尽了各种办法都徒劳无功)。位于颈部的伤口虽然难看，倒没有造成任何严重的不良后果，我很快便完全康复了。

在经历了南塔克特外海一场罕见的大风暴之后，企鹅号大约在上午九点时分驶进了港口。奥古斯特和我设法赶上了巴纳德先生家的早餐——很幸运的是，由于前夜的聚会，早餐时间推迟了一点。在我看来，在座的人们自己都一个个倦容满面，因此根本没注意到我们俩疲惫不堪的样子——当然，如果仔细观察还是能够发现的。但是，孩子们最善于骗人了，我一点都不怀疑，在听完一些水手讲述他们在海上撞沉了一条小船、淹死了三四十个倒霉鬼之后，我们在南塔克特的朋友绝对不会想到那与阿里尔、与我的同伴以及我会有什么关系。此后，奥古斯特和我经常谈起那次经历——但是每一次都会后怕得浑身颤抖。在一次交谈中，奥古斯特坦率地对我承认说，当他在小船上发现自己醉得那样严重并感觉自己正因此而人事不知时，他体验到了有生以来最痛苦的惊恐感，并觉得终生都因此留下了阴影。

第二章

当我们心怀偏见时，无论该偏见是赞同的还是反对的，所得出的推论都不具有完全的确定性，哪怕是根据最简单的资料所得出的推论。人们可能会想，经历过我刚才所讲述的那场灾难之后，一定会有效地平息我最初对于大海的热爱。但是恰恰相反，就在我们奇迹般获救之后的一周内，我产生了一种从未有过的既强烈又执著的欲望，想要体验一番海员所经历的充满疯狂冒险的生活。一周的时间虽短，却足以使我记忆中的阴影渐渐消散，并使那次极度危险的意外事件显得令人激动，美丽如画。我和奥古斯特的交谈越来越频繁，越来越有意思。他讲述有关大海的故事（现在我怀疑其中一半完全是他编造出来的），总能对我的热情和虽然强烈但又带有一丝沮丧的想象力产生影响。奇怪的是，每当他讲起可怕的苦难和绝望时，我反倒更加强烈地向往海员的生活。对他所讲述的美好的方面，我倒是不怎么提得起兴趣。我憧憬的是沉船、饥荒、死亡或被部落野蛮人所俘，是在渺无人烟、不为人知的大海上，在某座灰暗荒凉的小岛上，在悲伤和泪水中度过一生。从那时起我便一直确信，这种念头或欲望——它们真的已经达到了欲望的程度——在患有忧郁症的人群中十分常见——我这样讲，只是将它们视为自己肯定会在一定程度上去经历的命运的一点预示。奥古斯特完全理解我的这种心理状态。说实话，我们之间的亲密交流很可能使我们的性格实现了一半互换。

阿里尔灾难发生约八个月之后，劳埃德和布兰登堡（我觉得该家族与利物浦的恩德比家族之间存在着某种关系）公司为又一次捕鲸开始修理和装备名为格兰普斯的双桅帆船。那条船老旧笨重，即便尽力去修复装备，也无法满足航海的要求。我弄不懂，船主明明有不少好船，为什么偏偏选中了它。巴纳德先生被任命为船长，奥古斯特与他同行。双桅帆船正整装待发，奥古斯特时不时地就会催促我抓住这次绝好的机会，实现想去旅行的愿望。他发现我很乐意听进他的话——但事情可没那么容易决定下来。我的父亲虽没有直接表示反对，但我母亲一听我们提起这件事就会大发雷霆。更为糟糕的是，我原以为祖父会帮我说话，谁知他竟说，如果我再向他提起这件事情，他就要剥夺我的继承权。然而，尽管存在很多困难，但它们不仅没有浇灭我的愿望，反而使愿望之火越烧越旺，我决计不顾一切也要出海。我将自己的意愿告诉了奥古斯特之后，我俩便开始制订计划，希望一切顺遂。与此同时，我对亲戚朋友闭口不谈出海的事情；表面上看来，我埋头于日常学业，似乎已经放弃了出海的计划。自那时起，我经常会检讨自己有关此事的所作所为，感到既不愉快又很吃惊。为了推进自己的计划，我利用变得不再诚实——在很长的一段时间里，一言一行都充满了虚伪——只有憧憬即将实现自己长久以来的旅行梦想时，才觉得这一切可以忍受。

为了实施我的欺骗计划，我不得不让奥古斯特负责大部分的事情，他每天大部分时间都待在格兰普斯号上，在船舱和货舱里完成他父亲所交代的一些工作。然而每天晚上，我俩肯定会碰在一起，谈论着我们的计划。就这样过了差不多一个月，我们还是没能想出可以获得成功的好办法，最后他告诉我说所有该做的决定他都做好了。我在新贝德福德有一位叫罗斯先生的亲戚，以前我经常时不时地在他那里住上两三个星期。双桅帆船将于大约六月中旬（1827 年 6 月）起航，我们决定在帆船起航的前一两天，让我父亲像往常一样收到一封罗斯先生写来的短信，让我去和罗伯特和艾米特（罗斯先生的两个儿子）一起待上两个星期。奥古斯特会负责写信并让人将它送出。当我假装按计划动身去新贝德福德时，实际上我会去我的同伴那里，他会为我在格兰普斯上找处藏身之所。他向我保证，那处藏身之所一定会布置得可以舒舒服服地在里面呆上好几天，在那段时间里我是不能露面的。等双桅帆船渐行渐远，不可能再掉头回航时，我便可以正式回到舒适的船舱里。至于奥古斯特的父亲，他知道这个玩笑后只会哈哈一笑。航行途中会遇到很多过往的船只，可以让它们捎封信给我的父母，向他们解释一切。

六月中旬终于来到，一切也已经准备就绪。那封短信也写好送到了，一个星期一的早晨，我便假装出发前往新贝德福德去。然而，事实上我却直接向奥古斯特家走去，他正在一条街的街角等着我。我们的原计划是我找个地方躲到天黑，然后再悄悄溜到船上去，但是当时正好起了大雾，对我们十分有利，我们便决定抓紧时间立刻到船上躲起来。奥古斯特走在前面来到了码头，我跟在他身后不远处，身上裹着他带给我的一件厚厚的水手斗篷，以免熟人一眼就认出我来。就在我们转过第二个街角，经过埃德蒙先生的那口井后，意想不到的是迎面走来了祖父彼德森先生！他就站在我的面前，盯着我的脸看。“老天，保佑我灵魂，戈登，”他愣了好一会儿才说，“这是怎么回事，怎么回事？——你身上披着的脏斗篷是谁的？”“先生！”遇上这种突发状况，我只好尽力装出意外与茫然的样子，说话的语调也尽可能变得低沉沙哑。我说：“先生！你大错特错了呢——首先，我的名字根本就不叫什么戈登，我也不准你这个无赖说我的大衣是脏斗篷。”那位老先生听见我这样反驳他，脸上露出惊诧的表情，让我实在忍不住想要放声大笑。他向后退了两三步，脸色先是变得刷白，然后又涨得通红，他举起眼镜，然后又放下来，抓起他的雨伞向我猛冲过来。但是，他像是突然想起什么似的，猛然停下脚步，转过身，顺着街道一瘸一拐地走开了，身体因为生气而止不住地颤抖着，咬牙切齿地嘟哝着说：“没有用——什么新眼镜——还以为是戈登呢——浸过海水的大炮真是一无是处。”

经历了这次有惊无险的事件之后，我们更加小心翼翼，最终安全抵达了目的地。船上只有一两个水手，正在船头忙着干活。我们清楚地知道，巴纳德船长此时正在劳埃德和布兰登堡公司，因事务缠身，要到晚间很晚的时候才回来，因此我们不用担心会被他发现。奥古斯特先爬上船舷，不一会我也跟着爬了上去，干活的水手也没注意到我们。我们立刻进入船舱，里面没有人。船舱里布置得非常舒适——这对捕鲸船来说比较少见。船上还有四个漂亮的卧舱，都设计有宽敞舒适的铺位。我还注意到舱内有一个大火炉，而且主舱和卧舱的地板上都铺陈着一种价值不菲的厚厚的地毯。天花板有足足七英尺高，简而言之，宽敞舒适的程度大大超出我的预期。但是，奥古斯特不给我时间让我慢慢打量，坚持催我赶快躲起来。他将我带进位于右舷与防水隔舱相邻的他自己的卧舱中。一进舱他就关上门并插上门栓。我想我自己从来没有见过眼前这么漂亮的小房间。卧舱大约有十英尺长，只有一张卧铺，我刚才已经提到过，那床铺很是宽敞舒适。小房间靠近舱壁的地方有一处四英尺见方的空间，摆放着一张桌子，一把椅子，旁边还有一排悬挂式架子，上面装满了关于航海和旅行的书籍。房间里还有许多其他为旅途生活带来舒适的小设备，其中我必须说一下有个类似保险柜或冰箱的东西，奥古斯特让我瞧了里面搁着的一大堆美味食物，既有吃的也有喝的。

这时，他用指关节在刚才所提到过的那处空间所铺设的地毯的一角上按了一下，我看到有一处大约十六英寸见方的地板被人整齐地切割过，然后又被很契合地放在原处。当被按下时，这一部分的一端便会抬起，正好能让人伸一个手指进去。就这样，奥古斯特拉起了暗室的盖板（地毯仍旧用大头钉钉在盖板上），我发现那是通向后舱的。接着，他用火柴点起一支小蜡烛，把它放进一盏深颜色的提灯里，然后举着它从暗室口下到舱里，并示意我跟下去。于是我便跟着他下去了，之后他抓着一根钉在底部的螺丝，将盖板拉回原处——卧舱地板上的地毯便恢复了原样，将暗室的痕迹完全掩藏了起来。

烛光十分微弱，我费尽力气才能在堆放得乱七八糟的原木里摸索着前行。不过，我的眼睛渐渐适应了黑暗，拉着我朋友外套的下摆，走起来也觉得不那么困难了。我们在无数的狭窄过道里爬行绕行，最终，他将我领到一只箍铁的箱子跟前，这只箱子就像平时用来装精美陶器的箱子。它足足有四英尺高，整整六英尺长，但是十分狭窄。箱顶上放着两只空油桶，油桶上还堆着大量草编织的垫子，一直堆到船舱的天花板。箱子的四周都紧紧地堆放着各式样各样的杂物，高度甚至到达了天花板，另外还乱七八糟地堆着柳条箱、篮子、木桶以及一捆捆的杂物等，我们能找到路走到那箱子跟前简直可谓是个奇迹。后来我明白了奥古斯特是特意如此堆放的，为的是给我提供一处完全隐秘之所，干这些活他只叫了一个帮手，而且那人并不随船出海。

这时，我的同伴向我展示，箱子的一头可以随意拆开。他拉开板子，露出了箱子的内部，我一看便乐坏了。从船舱的一个睡铺上搬来的一张床垫占据了整个地面，小小的空间里面放满了尽可能多的让人生活舒适的物品，同时还给我留下了充足的空间来起居卧睡，无论坐着还是平躺都没有问题。其中有几本书、一支笔、墨水、纸、三条毯子，满满一大罐水、一罐航海饼干、三四根粗大的红肠、一块巨大的火腿、一只烤羊腿以及五六瓶甜酒和烧酒。我立刻走进我的小房间，我肯定自己那份心满意足之感绝对不亚于任何君王走进新宫殿时的心情。接着，奥古斯特告诉我如何关紧箱子活动的那一端，然后，他拿起提灯凑近甲板，指给我看贴在船板上的一根暗色绳子。他告诉我，这根绳子从我藏身之处开始，绕过杂物之间所有不可避免的弯曲通道，一直连到船舱甲板下的一只钉子上，正位于通往他的卧舱的暗门下方。万一发生了意外情况，需要找到出口的话，我便可以沿着这根绳子毫不费力地找到出路，无需他的帮助。奥古斯特准备离开了，他将提灯留给我，还留下了足够的蜡烛和火柴。他还答应只要没人注意，便会经常来看我。以上是发生在六月十七号的事情。

我在藏身之处躲了三天三夜（这是我估计的）没有出去过一次，仅仅有两次为了伸展一下四肢，便在出入口对面的两个柳条箱之间直立站了一会。这期间，我没见过奥古斯特，不过这并没使我感到不安，因为我知道，双桅帆船随时都有可能起航，他一定忙得不可开交，很难找到时间下来探望我。终于，我听见暗门一开一关的声音，然后很快便听见奥古斯特压低了声音在喊我，问我是否安好，还需要些什么。“什么都不需要，”我回答道，“我过得舒服着呢。帆船什么时候起航?”“再过不到半小时就要起航了，”他回答说，“我就是来告诉你这个的，怕你见不到我会觉得不安。接下来会有一段时间我没法下来看你——可能需要三四天吧。船上一切正常。待会儿等我上去关上暗门后，你就顺着绳子爬到钉着钉子的地方。在那里你会找到我的手表——或许对你有点用处，因为你见不到日光，没法知道时间。我想无法得知自己被埋在这里有多久了吧——其实才三天——今天是二十号。我原本打算将手表送去给你，但是怕离开太久会被人发现。”说完这些，他便上去了。

就在奥古斯特离开大约一小时之后，我清楚地感到船在动了，想到期盼已久的航行终于开始，心里不免觉得欢欣鼓舞。满意之余，我决定让心情好好放松一下，顺其自然地等着从现在这个箱子换到更为宽敞、尽管不一定更舒服的船舱去。我首先想到的是去拿手表。我没吹灭蜡烛，顺着那根绳子绕了无数次，爬了很长的一段距离，有几次，我发现自己反倒比先前所在的位置靠后了一两英尺。最终，我摸到了那颗钉子，拿到了我此行的目的物，带着它安全地爬了回去。现在，我静下来翻看了一下奥古斯特很细心地放在箱子里的几本书，然后挑了一本讲刘易斯和克拉克到哥伦比亚河口探险的书。我兴致勃勃地看了一会，觉得困倦感慢慢袭来，便小心翼翼地熄了灯，很快便沉沉地睡了过去。

醒来时，我感到脑子里是奇怪地一片混乱，一时无法回想起自己所处的各种境况。但是，渐渐地，我一点一点地全都想起来了。我划了根火柴想看看时间，可是表停止工作了，因此无法确定我到底睡了多长时间。我觉得四肢僵硬，无奈之下只能站到那两只柳条箱之间去伸展一下。突然间我觉得很想饱餐一顿，便想到了那只烤羊腿，睡觉前我曾吃过一点，觉得味道好极了。但是我发现羊腿竟然发霉腐烂透了，这可令我相当震惊！这一情况让我感到非常不安，再联系到我刚刚醒来时脑子里一片混乱的状况，我觉得自己肯定沉睡了很长的一段时间。这可能与舱底空气不流通有关，而这最终很可能会导致非常严重的后果。我头痛得厉害，觉得自己每呼吸一口气都十分困难，简而言之，我的心里充斥着各种沮丧郁闷的感觉。但我还是不敢冒险推开暗门或做出其他举动，只是上紧了表的发条，尽可能地使自己定下心来。

在随后整整二十四小时单调乏味的时光里，没有人前来探望我，我忍不住想要责骂奥古斯特对朋友的疏忽不在意。最让我感到担心的是，水罐里的水只剩大约半品脱了，而我则因为羊腿变质不能吃，而饱餐了一顿红肠，现在口渴极了。我开始变得忐忑不安，再也看不进书了。与此同时，我难以抵挡阵阵袭来的睡意，但是一想到真的睡着便浑身发抖，害怕密闭后舱里的空气会造成某些危险的后果，比如说木炭起火之类。与此同时，帆船的颠簸告诉我，现在我们已经在大海上走了很远的距离了，耳朵里听到了似乎从很远的地方传来的低沉的嗡嗡声，让我确信海上并没有刮大风。我实在想不通奥古斯特为什么不来找我。船肯定已经航行了很远，我也完全可以上去。或许他碰到了什么意外——但我还是想不明白是什么让他使我处于禁闭状态如此之久，除非他突然死了或掉到海里去。这个念头一出现，我便失去了继续等待下去的耐心。有可能是我们碰到了迎头风，船仍然在南塔克特附近。但我不得不抛开这一想法，因为如果真是这样，帆船一定会不停转动，而它一直微微左倾，因此我完全相信它一直是被稳定的右舷风推动前行的。此外，如果我们真的还处于岛的附近，为什么奥古斯特不来看我，并告知相关情况呢？就这样，处于孤单无聊困境的我不断地胡思乱想着，最后决定再等二十四小时，如果到时候还是没有人下来，我就摸到暗门那里去，冒险同我的朋友讲几句话，再不济也可以在出口处呼吸一下新鲜空气，从他的卧舱里拿点水下来。脑子里充斥着这个想法，尽管我努力想要使自己保持清醒，但还是沉沉地睡了过去，或者不如说是昏迷了过去。睡梦中全是极度可怕的景象。各种各样的灾难和可怕的事情接踵而来发生在我身上。在所发生的灾难中，有一次我被一些狰狞恐怖的魔鬼用巨大的枕头给闷死了。巨大的大蛇将我紧紧缠住，它们的眼睛里闪烁着可怕的光，直直地盯着我。紧接着，我的眼前出现了一片无边无际的沙漠，荒无人烟，令人颇感畏惧。忽然，一棵棵巨大的树干拔地而起，光秃秃的，没有一片叶子，一眼望不到头。这些巨树的根掩埋在一片没有尽头的沼泽之下，沼泽地的水漆黑黏滞，有如地狱之水那样使人心生畏惧。这些怪异的大树似乎如人一般有着生命，它们像骷髅一样挥舞着枯臂，对着沉寂的水面连连悲鸣，尖厉的声音充满了痛苦和绝望。然后场景突变；我不着寸缕孤零零地站在灼热的撒哈拉大沙漠里，脚边蹲伏着一头凶猛的热带狮子。突然间，它睁开铜铃般的大眼睛盯着我，然后猛地一跃而起，张开嘴巴露出了可怕的牙齿。从它那血盆大口中发出雷鸣般的一声怒吼，令我猛然惊倒在地。突如其来的惊恐使我全身变得僵硬，我终于发现自己正在慢慢苏醒。原来，我的梦并非真实，仅仅是梦。现在，我至少已经恢复了知觉。真有一个巨大的魔鬼正将它的爪子重重地压在我的胸口——

热乎乎的气息吹在我耳朵里——昏暗之中，一嘴惨白的獠牙在我面前闪着光。

这时，哪怕是有一千条性命悬着，让四肢动弹或嘴里吐出一个字，我也没法动一下或说一句。那野兽（不管它到底是什么）站在那没有动，似乎并不想立刻伤害我，而我则完全无助地躺在它身下，觉得生命正在流失。我感到身心的力量正在飞快地消逝——一言以蔽之，我正在死去，因为纯粹的害怕而死去。我的头脑昏昏沉沉的——我觉得极端不舒服——我的眼睛看不清东西——甚至连我眼前盯着我看的那对闪烁的眼睛也慢慢变得黯淡。我聚起最后的力气，微弱地呼喊了一声上帝，便听天由命了。我所发出的声音似乎激起了那只动物所有潜在的愤怒，它猛地跳过来扑倒在我的身上。但是让我惊讶的是，它发出一阵又长又低的哀鸣声，开始热切地舔舐我的脸和手，表现出亲热和开心的样子！我彻底惊呆了，不知所措——但是我无法忘记我那条名叫“老虎”的纽芬兰犬特有的呜咽声，还有我相当熟悉的它那种特有的抚摩方式。这就是它。我突然感觉到血液直涌到了太阳穴——获救和复活使我经历了一种无法抗拒的晕眩。我赶紧从一直躺着的床垫上爬起来，一把抱住我忠实的追随者和朋友的脖子，一股热泪将心胸之中郁积很久的压抑之感融化掉。

如同前一次那样，从床垫上爬起来之后，我的知觉处于极度混乱的状态。很长一段时间里我都觉得很难将这一切理出个头绪。但是，慢慢地，我恢复了思考能力，再次开始回想起自己所处境况的一些细节。我竭力想搞清楚“老虎”是怎么来到此处的，但猜测了无数种不同的可能性之后还是徒劳无功。但是“老虎”可以与我一起分担沉闷的孤独，用它的抚摩让我觉得舒服，我只好使自己开心地满足于此。大多数人都喜欢狗，但是我对

“老虎”的感情异乎寻常地强烈，而且在我看来没有任何其他生灵比它更配得到我的感情。七年以来，它一直是我形影不离的伙伴，并且曾多次表现出我们在动物身上所能发现的所有高尚品质。当它还是一条小狗时，我将它从南塔克特的一个小恶棍手里救了出来，当时那个坏蛋正用绳子拴着它的脖子，将它往水里拽。自那大约三年之后，长大了的小狗回报了我的恩德，将我从一个拦路抢劫的强盗的棍棒下解救了出来。

这时我摸到了手表，放在耳边一听，发现它又停止工作了。但是对此我倒一点也不觉得意外，因为从我的特别情况来看，我一定同上次一样沉睡了很长一段时间。至于具体有多长，当然没有办法弄清楚。我浑身发烫，口干舌燥，难以忍受。由于提灯里的蜡烛早已燃尽，而一下子又摸不到火柴盒，因此我无法获得亮光，只好摸索着找到那个小水罐。可是，摸到水罐后我发现它是空的——毋庸置疑，是“老虎”经不住诱惑将它喝光的，它还吃完了那只羊腿，啃得精光的骨头丢在箱子的出口处。我并不介意它吃掉了那块变质的羊肉，但是一想到水，我的心就沉了下去。我的身体极其虚弱——虚弱到只要稍微一用力就浑身颤抖，如同患了疟疾一样。更为雪上加霜的是，帆船正剧烈地晃动着，箱顶上搁着的油桶随时都有可能掉下来，从而挡住我进出的唯一通道。同时，我还感到自己晕船晕得很厉害。各种考量之下，我下定决心趁着自己还有点气力，排除万难也要立刻爬到暗门处争取获得解救。有了这个决定之后，我再次四下摸索着寻找火柴和蜡烛。摸索了一阵后，我找到了火柴，但是找了很久也没能够找到蜡烛（我清楚地记得自己存放蜡烛的位置），便决定暂时不找了，让“老虎”安静地躺下之后我便立刻动身朝着暗门处爬去。

一开始行动，我便更加明显地感觉到自己的体力十分衰弱。

我得使出所有的力气才能够向前爬行，并且手脚经常因为无法承受身体的重量而瘫软下来，伏在地上，有时候一连几分钟感到像是失去了知觉一般。不过我还是拼力一点一点地向前挪动着，每时每刻都担心自己会晕倒在杂物堆里狭窄迂回的过道上，那样的话我就没有生存的希望了。最后，我鼓起所有力气向前一扑，额头重重地撞在一个用薄铁皮捆起来的柳条箱的尖角上。这一意外使我错愕了一小会，但我悲伤郁闷地发现，由于船只正在快速剧烈地晃动着，柳条箱整个地滚到了我的通道上，将通道完全堵死了。箱子卡在周围的其他的箱子和设备之间，即使我使出吃奶的劲儿也没办法将它推动哪怕一英寸。因此，即便我的体力再虚弱，也只能够要么完全放弃那根引路绳索，另寻出路；要么从挡住去路的柳条箱上翻过去，然后继续依循那根绳索前行。前一个办法困难重重，存在很多危险，想想就让人不寒而栗。就我目前身心都极度虚弱的状况来看，如果我真的那样做，肯定会迷路，然后在后舱阴暗恶心的迷宫中悲惨地死去。因此我毫不犹豫地聚集起自己仅存的所有力气和意志，用尽全力从柳条箱上翻了过去。

我打定主意，站起身子，却发现这样做比我刚才所忧心忡忡地想到的还要困难许多。这条狭窄的通道两边高高耸立着各种各样的重物，稍不留神，它们可能就会倒下来砸在我的头上；即使这样的事情没有发生，大量倒下来的杂物也会将我的退路完全堵死，就和刚才那只柳条箱堵住了我前进的道路没什么两样。柳条箱本身又长又笨重，箱顶上根本无法立足。我尽力尝试了各种办法想要够到箱顶，却徒劳无功，没办法使自己爬上去。事实上即使够着了箱顶，我的体力也完全不足以让我翻过去，因此够不着反而是一件好事。最终，我绝望地再次想将箱子推开，突然身边发生了一阵强烈的颤动。我急忙伸出手扶住木板的边缘，发现有一块很大的木板是松动的。幸运的是，我身边恰巧带着一把小刀，于是我费了很大的劲，终于将那块板子完全撬了下来。钻进这个缝隙，我惊喜地发现对面并没有木板挡着——换句话说，箱子顶部没有盖子，而我挤进身到达的是箱底。现在，我可以不怎么费劲地顺着那根绳子摸索着前进，直至找着了那颗螺丝。我的心怦怦直跳，站起身来，轻轻地推了推暗门的盖子。它并没有像我所预期的那样立马就被抬起来，于是我加重了点力气，又推了一次，还担心待在卧舱里的不是奥古斯特而是别的什么人。然而，令我震惊的是，那扇门依旧纹丝不动，这下子我可有点不安了，因为我知道此前只要稍一用力、甚至不怎么用力，暗门就可以被推开。我使劲地推着门，可是它却坚固无比；我生气焦急、颇感绝望，使出了全身力气——暗门却还是怎么推都推不动。从这一情况来看，很明显，不是这个后舱被人发现、暗门被钉死，就是门上压着很重的东西，根本无法将它移开。

我感到极度害怕和沮丧，怎么也想不出为什么自己会被这样埋在这里。我无法理清思绪，瘫坐在地板上，满脑子都是阴郁的想象，觉得自己肯定要么会被渴死、饿死、闷死，要么会被活埋于此。最后，我稍微恢复了一点理智。我站起身来，用手指摸索着暗门四周的缝隙；我还靠上前去仔细观察它们是否能够透进一丝半点卧舱里的亮光，但是一丁点亮光都没有看见。接着，我将小刀插进缝隙中划动，直至刀刃碰上了什么坚硬的物体。我上下拉动了几下刀刃，发现那是一条厚实的铁块，根据刀刃在其上摩擦时产生的特殊起伏感，我想那是条铁链。现在我的唯一出路就是返回到藏身的箱子去，在那里要么直面悲惨的命运，要么尽量使脑袋安静下来，再想一个逃生的办法。我立刻行动起来，克服了重重困难之后回到了原来的安身之处。我精疲力竭地一屁股倒在床垫上，“老虎”跳过来卧在我旁边，摩挲着我，好像在竭力安慰我，叫我别为当前的麻烦担忧，让我鼓起勇气去面对困难。

它那奇怪的举止终于引起了我的注意。它先是舔着我的脸和手，一连舔了好几分钟，然后就突然停止这一动作，发出一声低沉的呜呜声。每次我朝着它伸过手去，它都仰面躺着，高高举起四只爪子。这一举动反复进行了好几次，看上去十分奇怪，我弄不明白是什么意思。狗似乎很痛苦，我以为它哪里受伤了，便拉起它的爪子，一只一只地查看起来，但是却并没找到任何受伤的痕迹。我又猜测它可能是肚子饿了，便给了它一大块火腿，它急切地几口就吞了下去——可刚一吃完，又重新开始做刚才那些奇怪的动作。这次，我认为它同我一样，正在忍受干渴的折磨，正准备肯定这就是真正的原因所在，却突然想起我才只检查了它的爪子，它身体的其他部分或者头部也可能会受伤。于是我仔细地摸遍它的头部，没有发现伤口，但是当我的手正沿着它的背部抚摸时，发现有一块横贯背部的毛微微竖起。我伸出手指一探，发现了一条绳子，顺着绳子摸索着，发现它竟围着“老虎”的身体缠了一圈。于是我更加仔细地摸索着，摸到绳子上绑着一张似乎是信纸的纸条，绳子从纸条中穿过，使其紧贴在狗的左肩下面。

第三章

我立马意识到，这张纸条是奥古斯特给我的，肯定发生了什么无法说明的意外状况，致使他无法将我从这个地牢中带出去，便设计了这个办法让我了解事情的真相。我的心情变得急切起来，忍不住地颤抖着，再次开始寻找火柴和蜡烛。我依稀记得自己入睡之前小心地将它们收起来了，而且刚才向暗门爬去之前还曾想起过确切的存放位置。但是现在，我却怎么都想不起来了，徒劳无功地忙乎了整整一个小时，试图找到失落的物件。可以肯定地说，过去我从来都没有体验过比这更加让人干着急的焦虑和悬念。正在四处摸索之时，我的头靠近了压舱沙袋，也就是柳条箱开口的附近，我发现前舱方向闪烁着一丝十分微弱的亮光。我极度惊讶，由于那光亮看上去似乎就在几英尺开外处，因此我便设法朝它走去。可是我刚打定主意开始移动身子，那线光亮便立刻完全消失不见了。再次看见那处亮光，是在我顺着箱子摸索着回到原来的位置之后。这次，我谨慎地来回移动着视线，发现只有慢慢地、小心翼翼地沿着与刚才相反的方向移动，才能够慢慢接近那处亮光并使其保持在视线范围以内。我（挤过无数狭窄迂回的弯道后）来到它面前，发现那亮光是我的火柴碎片所发出的，它们散落在一只底朝天的空桶里。我正在纳闷火柴为什么会掉在那里，手却无意之中摸到了两三块蜡烛的残渣，它们显然是被狗啃过了。我立即得出了结论，狗一定将我所有的蜡烛都吞掉了，这下完全没有希望看清楚奥古斯特写给我的纸条了。蜡烛的残渣与桶里的其他垃圾混在一起，根本就无法使用了，我很绝望，并没有将它们弄出来，就让它们待在那儿。至于那点碎磷片，我尽可能地将它们拾了起来，又历尽困难将它们带回箱子里，这段时间里，“老虎”一直待在那里。

我不知道下一步该怎样做。船舱里漆黑一片，简直到了伸手不见五指的地步。那张白色的纸条几乎无法辨认，即使直接举在眼前都无法看清。我发现，如果将眼睛稍稍偏转一点——也就是说，稍微斜着点看，可以大约看到些许轮廓。我的“牢房”的黑暗程度由此可想而知，而我朋友的那张纸条—一如果这张纸条真的是他写来的话——似乎只把将我抛进了更大的麻烦，让我已然虚弱焦急的心情变得更加不安。我满脑子里都是一些想要找到亮光的乱七八糟的想法，但都是徒劳——这些想法同吸食鸦片后睡着的人为了达到同样的目的，在不安稳的梦境中所做的没什么两样——奇怪的想法一个接一个地在入睡者头脑中出现，有时似乎合情合理，有时又显得十分荒谬；这些想法是理智和想象相互交替产生的。最后，我突然想到了一个主意，这个主意似乎很合理，我都纳闷刚才自己怎么没有想到。我将那张纸条放置在一本书上，将我从桶里拾起来的火柴磷片放在纸上，然后用手掌快速、平稳地摩擦起来。整张纸面立刻泛起明显的光亮，我确信，如果纸条上写有字的话，我肯定能毫不费力地看清楚。然而，纸条上面一个字都没有——只有一片让人沮丧和不满的空白。几秒钟之后，亮光消失，我的心也随之沉了下去。

之前我曾经不止一次地说过，在此之前有一段时间，我的心智曾一度接近于白痴的状态。当然，也曾有过完全清醒的时候，偶尔甚至还十分活跃。但是这样的情况并不多。不能忘记的是，一连好几天，我都在这条捕鲸船的后下舱里呼吸着致命的不新鲜的空气，而且大部分时间都没有喝什么水。至少在过去的十四五个小时内，我压根就没喝过水——也没睡过觉。最容易使人口干舌燥的腌制食品一直是我主要的食物来源，除了一些航海饼干之外，自从我丢了羊腿之后，腌制食品就成为了我唯一可以进食的东西，而航海饼干对我而言毫无用处，它们又干又硬，我嗓子红肿干咳，根本咽不下去。我现在正发着高烧，浑身难受至极。这也解释了一个事实：摩擦磷片取亮读字条失败之后，我竟然过了很久才想起自己其实只检查了纸条的一面。我不想描写当我意识到自己竟粗心至此时的恼怒感了（我相信自己当时是真的非常气愤）。那过失本来倒也没不打紧，但我自己的愚蠢和冲动却使它差点变成了一个无法弥补的大错——由于发现字条上一个字也没有，一时失望之下，我孩子气地将它撕成碎片扔掉了，而且也说不清到底扔在了哪里。

是聪明的“老虎”将我从最糟糕的困境之中解救了出来。我摸索了很久，摸到了一小片纸屑。我将它举到狗的鼻子面前，费力使它明白它的任务是将其余的部分给我找来。让我惊奇的是（因为我从来没有教过它狗类十分擅长的那些本事），它似乎立刻便明白了我的意思，四下里寻找了不一会，便找到了另一块较大的纸片。它将纸片带来给我，在我身边磨蹭了一会儿，用它的鼻子在我手上摩擦着，好像在等着我对它的成果予以肯定。我拍拍它的头，它便立刻又跑开了。这一次它过了几分钟才跑回来——但是这次它叼来了更大块的纸片，这块碎片证明整张纸条已经可以被完全重新拼凑起来——看起来纸条被我给撕成了三片。幸运的是，我没怎么费力便找到了剩下的几块磷片——依稀可辨、还在闪烁的一两点微光给了我指引。经历了之前那么多困难之后，我学会了万事须小心谨慎，于是便停下来思考下一步要做的事情。我想，纸条上我还没有检查的那一面上很可能写着一些话——但是到底是哪一面呢？将碎片拼凑起来也没办法让我得出结论，尽管我确信所有的文字（如果有文字的话）肯定是完整连贯地写在同一面上的。确定这一点非常重要，因为我即将进行的这次尝试如果再度失败的话，剩下的磷屑就不够进行第三次尝试使用了。我像上次一样将纸条放在书上，静坐了几分钟，脑子里反复思考着自己应当怎么做。最后我想到，写着字的那一面表面或许会有稍微地不平整，敏感的触觉可能会使我觉察出来。我决定这样试一下，便用手指仔仔细细地抚过纸条此时朝上的那一面，但是我什么也没有感觉到。于是我将纸条翻转过来，搁在书上拼好，再次用手食指轻轻抚摸，这次，我发现上面有一些极其微弱但依稀可辨的光亮。我意识到，这肯定是我前次摩擦在纸面上的黄磷粉末留下的星星点点的残留物。这样说来，纸条的另一面，也就是朝下的那面，便是写着文字的一面——如果纸条上真的写有文字的话。我将纸条再次翻转过来，按照之前的方法重新开始尝试。与上次相同，黄磷片被揉开之后，纸面上顿时泛起荧光——但这一次能明显看出几行字迹，字体很大，而且明显是用红色墨水书写的。亮光尽管足够亮，可是持续的时间却很短。如果不是我过于兴奋，原本是有可能将三行字迹全都看清楚的——因为我看见有三行字。但是，由于我太急于想将所有的内容一下子全都看清，结果却只看清了最后的七个字，写的是——“血——躲好方能保命。”

我坚信，即便我能够确定纸条上字迹的全部内容——就是我朋友试图传递给我的警告的全部意思，即使这一警告原本应该向我揭示一场最无法言喻的灾难，也根本无法与我能看清的这几个字对我造成的折磨和恐惧同日而语。那个“血”字，那个在一切神秘、痛苦、恐怖事件中经常出现的字眼——此刻正传达着多少倍的意思——它那含混莫名的字义（由于它与前面其他的字被分割开来，因此无法弄清确切的意思）冰冷沉重地朝着身陷困境的我砸了下来，一直震碎了我的灵魂最深处。

毫无疑问，奥古斯特有充分的理由让我一直躲藏在此，我心中猜想着上千种可能的原因——然而就是无法想出一个能令人满意解开这个谜团的理由。起先我刚从暗门处回来、还没有被“老虎”奇怪的行为举动吸引注意力时，曾下定决心不管怎样都要引起上面人的注意，即使不能成功地实现这一目标，也要设法打通下层甲板逃出生天。我觉得在孤注一掷的情况下，自己还是有可能完成其中的一项任务的，尽管并没有百分之百的把握一定能成功，我还是因此而找到（若非如此是根本不会有的）勇气去面对目前的险恶境况。但是，我刚读到的这几个字让我彻底丧失了勇气，我第一次感觉到命运的悲惨。心头涌过一阵绝望，我再次一头扑倒在床垫上，在昏睡中度过了约一天一夜的时间，其间仅偶尔恢复过理智和记忆。

最后，我再次坐起身来，回想着身边所发生的可怕事情。在没有水的情况下，我最多还能够支撑二十四个小时——再长就坚持不住了。在我被囚于此的最初那段时间里，我尽情享用了奥古斯特留给我的甜酒，但它们只会使我发热，根本无法解决口渴。现在剩下的只有四分之一品脱左右一种度数很高的桃子酒，一想到它，我就忍不住反胃。香肠已经全部吃光，那块火腿只剩下一小块皮，所有的饼干，除了从一块饼干上掉下的一点碎屑之外，全都给“老虎”一扫而光。雪上加霜的是，我发现自己的头痛症状正在不断的变严重，随之而来的，是自第一次入睡后便一直或多或少困扰着我的精神错乱恍惚。在过去几个小时里，尽管呼吸困难，但我还能呼吸，可是现在每呼吸一次，胸部就产生一阵痛苦的痉挛感。此外还有一件完全不同的事让我深感不安，它骚扰着我，让我感到恐惧，它才是使床垫上昏睡的我清醒过来的主要原因。它就是狗的行为举动。

我最早注意到“老虎”举止异常，是刚才向纸条上摩擦黄磷的时候。我正在摩擦着，它发出一声低吼，伸出鼻子凑过来在我手上擦着，但是当时我极度兴奋，没能够注意到这一点。而前面已经说过，在那之后不久我便倒在床垫上，沉沉睡去。此刻明显地，我听到耳朵旁边传来一阵异常的嘶嘶声，发现该声音来自于“老虎”，它显然十分激动，呼哧呼哧喘着气，眼珠在黑暗之中闪着凶光。我冲它讲了几句话，而它则报以一声低沉的吼叫声，然后就不出声了。我很快便又昏睡了过去，然后再次被同样的嘶嘶声弄醒。这种的情况反复了三四次，最后，它的举止让我感到极度恐惧，使我完全清醒了。现在，它正躺在箱子口旁边，嘴里发出可怕的吼叫声——尽管声音低沉，好像在强烈地抽筋似地磨着牙齿。我毫不怀疑它已经因为口渴或舱里浑浊不堪的空气而疯狂了，而我却不知道该怎么办才好。杀了它，这一想法我连想都不愿意去想，但为了我自身的安全，又似乎绝对有必要这么做。我能够清楚地感觉到它直直盯着我看的目光中带着仇视的杀气，每时每刻它都有可能会向我扑过来。最后，我再也无法忍受这样可怕的情形，决心排除一切困难都要离开箱子旁边，如果它要上前来阻挡我，那么必要之时只好将它处理掉。要走出箱子，我必须直接跨过它的身体，而它似乎早已预料到了我的计划——两条前腿撑起（我是根据它眼睛位置的变化推测出来的），露出了整排白白的牙齿（很容易看见）。我摸到了剩下的火腿皮、装着酒的罐子以及奥古斯特留给我的一把很大的切肉刀，将它们妥善地一并带在身边，然后，尽可能严实地用斗篷将自己全身裹好，便试着朝箱子口移动。我刚一挪动身子，那条狗就大吼一声，朝着我的脖子扑过来，全身重量撞击在我的右肩上，我重重地朝左边倒去，那头愤怒的畜生则整个地从我身上跃了过去。我双膝着地跌倒，头被蒙在毯子里，这些毯子保护我逃过了狗的第二次猛烈攻击，我感觉到了狗那锋利的牙齿正死命撕扯着围在我脖子上的羊毛毯，但幸运的是，它的牙齿没能穿透一层一层的毯子。现在，我被那条狗压在身下，只需要再过一会儿，我就会完全被它所控制，无法动弹。绝望赋予我力量，我鼓起勇气一跃而起，用力将它推开，把床垫上的几条毯子全拉了起来，向它抛了过去，然后在它从毯子里钻出来之前便冲出了箱子，并将门紧紧关上，使它没办法再追上来。可是在这场搏斗过程中，我被迫扔下了那一小块火腿皮，现在所剩的全部给养唯有那一小瓶酒了。一念至此，我的心里突然涌起一阵破罐子破摔的情绪，就像被宠坏的孩子在类似情况下也可能做出的举动一样，将瓶子举到嘴边，把里面的酒喝了个底朝天，然后愤然将瓶子往地上一砸。

瓶子撞击地面所发出的声音刚一消失，我便听到前舱方向有人在喊我的名字，那声音十分急切，但却刻意被压低。这声音实在太让我觉得意外了，它在我内心激起了极为强烈的兴奋，以至于我无法做出任何回应。我完全失去了说话的能力，但又害怕朋友以为我死了，从而不来救我便离开了，于是我站在箱门附近的柳条箱之间，浑身猛烈地颤抖着，喘着粗气想大喊出声。然而，即便一个音节就能传达一千个词汇的意思，我仍旧什么都说不出来。这时，在我站立之所的前方某个地方的杂物堆里传来了一阵轻微的响动。这声音很快便不那么明显了，变得越来越微弱。此生我有可能忘记此时此刻的感受吗？他要离开了——我的朋友——我的伙伴——我对他寄予了莫大的期望——他要离开了——他准备丢下我了——他走了！他要让我在这里悲惨地死去，在这最可怕最令人憎恶的地牢中死去——一个字，一个小小的音节就能拯救我——然而我却怎么都无法发出哪怕一个小小的音节！我肯定，我感觉到了比死亡本身更可怕千万倍的痛苦。我觉得头晕目眩，昏昏沉沉地向箱底倒去。

在往下倒的过程中，那把切肉刀从我穿的马裤的腰带上掉落下来，哐当一声砸在地板上。我从来没有听过比这更加美妙的天籁之声！我极度紧张焦虑地倾听着，想知道这阵响动能引起奥古斯特的注意——因为我知道，喊我名字的人不会是别人，肯定就是他。接下来有一会儿没有听到任何声响。最后，我再次听见有人以很低的声音充满着犹豫地反复喊了几声“亚瑟!”这重新燃起的希望立刻释放了我说话的力量，我用自己最高的音量尖声喊道：“奥古斯特！哦，奥古斯特!”“嘘！看在上帝的分上，别出声!”他回答说，声音激动得有些颤抖；“我马上就过来了——等我从下舱里找到路摸过来。”我听见他在杂物堆里爬了很久，觉得每一刻都像一个时代那么漫长。终于，我感到他的手搭在了我肩膀上，与此同时，他将一瓶水放在我的嘴唇边。只有突然被人从坟墓中解救出来的人，或经历过我在那可怕的囚牢里曾经遭受过的难以忍受的干渴状况的人，才能想象得出我在痛饮了此刻在我眼中最为奢侈的琼浆玉液之后，所产生的那种难以言喻的狂喜之情。

见我的干渴状况在某种程度上得到了缓解，奥古斯特又从衣服口袋里掏出三四个煮熟的马铃薯，我立马将它们狼吞虎咽地全都吞了下去。他还带来了一盏颜色深暗的提灯，那令人愉悦的光亮带给了我与水和食物几乎完全相等的慰藉。我急于弄明白他这么久都不来看我的原因，于是他便开始讲述我被困在下舱这几天里船上所发生的一切。

第四章

正如我所预想的那样，帆船在奥古斯特将表留给我之后约一小时便起航了。当天是六月二十日。别忘了，自那之后我在下舱一连待了三天，在这段时间里，甲板上的人们非常忙碌，不断地跑来跑去，在主舱和卧舱之间来往的人尤其多，因此奥古斯特没有办法在不被别人发现暗门的情况下来看我。最后他找到机会来看我时，我让他放心，并告诉他我过得还不错，所以之后的两天里他便没怎么为我担心——不过还是想瞅准机会下来看我。一直等到第四天，他才找到了机会。在这段时间里，他好几次打定主意想要将这次的冒险行为告诉他父亲，好立刻让我回到甲板上去，但当时我们距离南塔克特还不太远，而从巴纳德船长无意中透露的言语来看，一旦发现有闲杂人等在船上，他很可能便会下令立刻掉头返航。此外，奥古斯特对我说，他经过反复思考后觉得我应该不会有什么紧急需要，并且认为一旦真有需要我肯定会毫不犹豫地敲击暗门。因此，他思考再三之后，决定让我暂时先待在下面，等找到机会再下来看我。前面我已经提到过，自他给我送来了那块表之后，我一等就又等了四天，连同之前的三天，那便是我躲进下舱的第七天。那一次他既没有带水，也没有带吃的，原本只是想来引起我的注意，并让我从箱子里出来去到暗门下面——以便他能从卧舱里给我递送给养。当他走下舱来时，却发现我睡着了，因为当时我正鼾声震天。听到这里，我心中盘算了一番，觉得这肯定是刚从暗门处拿到手表回来后睡着的那次，谁知道那次沉睡了整整三天三夜还不止。后来，我根据自己的经验以及他人的说法，明白了狭窄密闭空间里陈年鱼油所散发出的恶臭具有极强的催眠作用。想到我曾经藏身的下舱的情况，想到帆船是长期用于捕鲸的，便更让我觉得惊奇了，倒不是惊奇于自己竟然睡了那么长一段时间，而是讶异于我竟然还能够醒过来。

奥古斯特连暗门都没关就先压低了音量喊了我一声——可是我没有回答。然后他关上暗门，将音量提高，又喊了我几次，但还是没有听见任何回音，最后他扯着嗓子大声喊我——可我依然鼾声不断。这下他不知道该怎么办好了。要穿过杂物堆走到我栖身的箱子旁边需要花费不短的时间，而这样做很可能会引起巴纳德船长的注意，因为他随时都有要让负责整理抄写与此次航行有关的文件的奥古斯特去做。于是，奥古斯特决定先上去，等再找机会下来看我。由于我当时睡得似乎很安稳，他便放心地做出了这一决定，他并没有想到这种囚禁生活会对我产生怎样的不利影响。打定主意之后他立刻就注意到甲板上似乎十分忙乱，声音明显是从主舱传来的。他赶紧从暗门跳上然后顺手关好，再推开了卧舱门。可是还没等他抬脚迈出门槛，眼前便闪过一把手枪，与此同时，他挨了重重的一棒子，瘫倒在地。

一只粗壮的手紧紧抓住他的脖子，将他拖进主舱推倒在地板上——在此情况下他仍然能够看明白身边到底发生了什么事情。只见他父亲的手脚都被绑着，脑袋低垂着躺在升降梯台阶上，前额上有一处深深的伤口，鲜血正在汩汩地向外流淌。他不发一言，看上去就像快要断气了一样。站在他身边的是大副，他正用凶残嘲弄的眼神盯着船长，不慌不忙地在他的衣袋里东翻西找，很快便掏出了一个大钱包和一只航海仪表。七名水手（包括一名黑人厨子）在左舷的卧舱里搜寻武器，很快就拿着火枪和弹药出来了。船舱里除了奥古斯特和巴纳德船长外还有九个人，都是捕鲸船上最为凶残的一些家伙。这些坏蛋将我朋友的双手反绑着，一起上了甲板。他们径直来到前甲板舱口，甲板是从里面闩上了的——两名叛匪举着斧子站在一边，另外两名叛匪则站在舱口盖旁。大副高声喊着说："下面的人听见了吗？快给我一个一个滚上来——听好了——不许出声！"好几分钟过去了，终于出来了一个人：那是个英国人，他是个新手，哀哀地哭泣着，以最为卑微的神情乞求大副饶他一命，可得到的唯一回答就是前额上挨了一斧头。可怜的家伙还没来得及出声便倒在了甲板上，黑人厨子用胳膊将他像夹小孩子似地夹起，一把扔进了大海里。下面的人听见击打声和英国人的倒地声，便无论怎么威胁诱惑都不肯再上到甲板上来，直到上面的人扬言要用烟将他们熏出来。接着下面的人就开始了大冲锋，一时间，似乎帆船的掌控权快要被他们重新夺回去了。可叛匪最终还是成功地关上了舱盖，仅仅只有六个人冲了上来。这六人发现自己寡不敌众且赤手空拳，稍作抵抗后便束手就擒了。大副对他们说了一番花言巧语——毫无疑问那是故意说给下面的人听的，想要引诱他们投降，因为甲板下面的人很容易便能听清甲板上的人所说的话。结果证明，大副的精明狡诈与他的邪恶凶残是旗鼓相当的。受到诱惑，前甲板舱下的人们立刻表示愿意顺从，他们一个接一个的上到甲板上来，一上来便立刻被反绑住了，连同先出来的那六个，一起被仰面朝天地扔在甲板上——没有参与叛乱的所有水手现如今都在这儿，一共二十七人。

一场极为残忍恐怖的屠杀开始了。五花大绑的水手们被拖到船舷边，黑人厨子手握板斧等候在此，一名叛匪将水手的脑袋推出船外，厨子手起刀落，脑袋一个接一个地被砍掉，随后另外的叛匪将他们推入大海。一连二十二个人以这种方式葬送了性命，奥古斯特也早已听天由命，随时准备轮到自己上断头台。但那些恶徒或许是砍人砍得有些厌倦了，又或许是觉得自己的血腥举止有点恶心，便停止了杀戮，剩下的四个水手以及和他们一起被扔在甲板上的我的朋友暂时保住了性命。然后，大副派人下去找来朗姆酒，这些杀人凶手都喝得醉醺醺地，狂欢一直持续到太阳落山。接着，他们就为如何处置还活着的俘虏而争吵了起来，那几个性命悬于一线的人就躺在几步之遥的地方，能清清楚楚地听见叛匪们所说的每一个字。烈酒对几个叛匪似乎产生了某种软化作用，因为有好几个人说要把俘虏给放了，条件是俘虏们也加入叛乱，共享好处。但是那个黑人厨子（那家伙是个真正的恶魔，而且对众人的影响力不比大副小）坚决反对这个建议，好几次想要站起身去舷梯口将剩下的俘虏给干掉。幸运的是，他喝得烂醉，很容易就被他的同伙中稍微不那么嗜血的人给制止住了，其中有一个人的名字叫德克·彼得斯，此人是生活在密苏里河源头附近偏僻的布拉克山区乌普萨罗卡斯部落的一个印第安女人的儿子。

我相信他父亲是做皮毛生意的，或者说至少与刘易斯河上的印第安贸易站有点关系。彼得斯本人是我所见过的面貌最最狰狞的人。他身材不高——不超过四英尺八英寸——但四肢却极其强壮。尤其是他的双手，又大又厚，简直就不是寻常人所有的手形状。他的胳膊和大腿都以一种最为奇特的方式弯曲着，看上去似乎没有丝毫柔韧感。他的脑袋形状也不正常，大得离奇，头顶部位有一处凹痕（就像大多数黑人头顶的凹痕那样），头上一根头发都没有。为了遮掩这并非因为年龄而导致的秃顶，他经常戴着看上去似乎是用动物毛皮做成的假发——有时候是西班牙狗的狗皮，有时候则是美国棕熊的熊皮。大屠杀发生的时候他的头上正戴着一片熊皮假发，这使他脸上那乌普萨罗卡斯人特有的可怕神情更为狰狞恐怖。他的那张大嘴几乎横穿了整个面部，嘴唇薄薄的，如同他躯体的其他部分那样缺乏自然柔软的特性，这使得他无论情感上有何变化，脸上的神情永远一成不变。要想象他的一贯神情，还必须考虑到他那长并且向外突出的牙齿，双唇连它们的一半都无法包住。随便朝这人看一眼，可能会觉得他正笑得浑身抽搐，然而如果再看一眼，就会让人感到惊恐，人们会觉得即使这样的表情是在表达欢乐的情绪，那也一定是属于魔鬼的欢乐。南塔克特的水手们经常会讲述有关这个怪人的故事，传言说他一旦激动起来，力气大得叫人难以置信，有些传言让人听了觉得他会不会是头脑有点问题。但在格兰普斯号上，发生叛乱时他所遭受的更多的是挖苦、嘲笑而非其他。我之所以这么详细地介绍德克·彼得斯的情况，是因为尽管他面目狰狞，却是让奥古斯特脱离死亡威胁的主要人物，还因为我在之后的讲述中会经常提到他——我这么说吧，自这以后所发生的故事中的事件，一般人是没有机会经历的，也因此而远远超出了他们所能相信的范围。

但尽管我根本不指望有人会相信我即将要讲述的故事，我还是要讲下去，因为我相信随着时间的流逝以及科学的进步，故事中那些最重要、似乎又最不可能的事情都会一一得到证明。

叛匪们再三犹豫之后，又激烈地争吵了两三次，终于决定将剩下的所有俘虏（除了彼得斯以开玩笑的态度坚持要留下来做文书的奥古斯特）放到一条最小的捕鲸船上随波漂流。大副下到船舱里去瞧了一下巴纳德船长是否还活着——别忘了，叛匪们到甲板上去时将他丢在了下面。很快船长就被带上来了，他一脸惨白，但多少从刚才所受的重伤中恢复了一点。他说话的声音让人几乎很难听清楚，他恳求叛匪们不要将他扔到小船上去，希望大家都回到各自的岗位上，还保证说叛匪们想在哪里靠岸就在哪里靠岸，他绝不会采取行动使他们被抓起来。可是他说的话全都白搭。两个匪徒抓住他的胳膊，将他从帆船的一边扔下去，扔到了小船上——刚才大副下到船舱里去的时候，小船便已经被放到了海上。然后，他们给躺在甲板上的那四个人松了绑，命令他们跟着跳下去，那四个人没怎么抵抗便照办了——奥古斯特仍然以一种很痛苦的姿势躺着，他奋力挣扎着，仅仅只是为了请求叛匪们满足他与父亲最后告别的可怜要求。叛匪们扔了一些航海饼干和一罐水到小船上，但既不给小船上的人桅杆、船帆和桨，也不给他们指南针。小船被拖在帆船后面前行了几分钟，在这段时间里叛匪们又商量了一下，然后砍断拖绳，任小船在海上自行漂流。此时，夜幕已然降临，天上没有月亮，也看不见星星，尽管风并不大，但海面上还是波涛翻滚，让人见之生怖。绳子一断，小船便立刻消失在视线之外了，船上那些不幸的人们生存下去的希望十分渺茫。不过，当时正位于北纬 35°30′，西经 61°20′的位置，离百慕大群岛并不太远。因此，奥古斯特便安慰自己说小船或许可以成功抵达陆地，又或者能飘流到离陆地足够近的地方遇上近岸的大船而获救。

帆船上所有的风帆此时都被拉起，船继续按照原来的航线向西南方向航行去。叛匪们正谈论着一桩海盗生意，根据所听见的只言片语来判断，他们计划要半路阻截一条从佛得角群岛驶往波多黎各的大船。谁也没有注意奥古斯特，他已经被松了绑，还可以在主舱升降口前方的甲板上自由走动。德克·彼得斯对他倒有几分和善，有一次还帮助他免遭厨子的毒打。不过，他的处境仍然十分危险，因为那些家伙都还处于醉醺醺的状态，不能指望他们会一直对他心怀仁慈，或一直对他不闻不问。不过，最令他感到沮丧的是他身陷困境对我所造成的影响，而我对他的友情从来没有过半分怀疑。他曾不止一次地决定将我在船上的秘密告诉叛匪，但终究没有这样做，部分原因是他想到了刚刚亲眼目睹的屠杀惨状，还有因为他还怀抱希望能够很快将我解救出去。对于后一个目的，他不停地寻找着机会，但尽管他一直准备伺机而动，还是直到小船被割断缆绳在大海上漂流之后的第三天才找到了机会。那天晚上，突然刮起了强烈的东风，所有的水手都被叫上去甲板去收帆了。奥古斯特乘着一片混乱，悄悄溜下甲板，走进了卧舱。可是令他觉得极为恐惧和郁闷的是，卧舱已经变成了储藏室，满满地堆放着各种各样的食品和杂物，特别是那根很长的旧锚链，原来是塞在舷梯下的，现在为了给一只箱子腾地方而被拖了出来，而锚链正好压在暗门上！要将锚链搬开而不被人发现是根本不可能的，于是他赶紧回到甲板上。他刚一爬上去，大副便一把抓住他的喉咙，问他到舱里去干什么，要将他从左舷扔到海里去，而德克·彼德斯再次干涉，救了他一命。这回，奥古斯特被戴上了手铐（船上有好几副手铐），两条腿也被紧紧地绑在一起。然后，他被带到前舱，扔在紧挨着前隔舱的一张下铺上，并被警告除非“这条帆船不再是条帆船”，否则不管怎样都绝不许再踏上甲板一步。这是将他扔进下铺的那个黑人厨子的原话——很难说清这话到底是什么意思。然而，下文中我们会看到，这整个事件后来竟然成为了我得救的原因。

第五章

厨子离开前舱后的一段时间里，奥古斯特觉得十分绝望，他不指望自己能够活着离开那个卧铺了。于是他决定，一旦有人下来，就把我的情况告诉他。他觉得，与其让我在舱底活活渴死，还不如让我落到叛匪手里碰碰运气——我被关在下面已经有十天了，而他为我准备的那罐水还不够喝四天的。他正这么思索着，突然间想到也许能够通过主底舱同我取得联系。如果换个境况，他可能根本就不会尝试做这样极端困难和危险的事情，但是现在他生存下去的希望也很渺茫，便没有什么可顾忌的了，于是便专心致志地开始计划起来。

他首先想到的是手铐。起先，他想不到办法将它去掉，担心戴着手铐根本无法开始实施自己的计划；但是他再仔细一看，发现只要将稍稍费点劲将手收缩一下，便可以毫不费力地从手铐中任意地滑进滑出——原来这副手铐根本无法锁住年轻人的手，因为他们手上较细的骨骼很容易收缩。于是他解开绑在脚上的绳子，然后将绳子摆放好，以便万一有人下来时，可以快速地把脚重新套进去。随后，他检查了连接下铺的舱壁。那里的挡板是软松木制成的，大约有一英寸厚，他可以不怎么费劲地将它撬开，从那里钻过身去。这时，从前舱升降梯口传来了说话声，他刚把右手套回手铐（他的左手并没有挣脱出来），将绳索打了个活结，套上脚踝，德克·彼得斯就下来了，身后跟着“老虎”。“老虎”立刻便跳上床铺躺了下来。这条狗是奥古斯特带上船的，奥古斯特知道我很喜欢它，觉得我会很开心在旅途中有它的陪伴。他把我带进下舱后便立刻去我家找到了它，但在给我带表来的时候忘了提及这件事情。自发生叛乱事件以来，奥古斯特一直没看见过它，以为它已经被大副那一群恶徒中的某个人扔到海里去了。后来才知道它好像是钻进了一条捕鲸小船下的一个洞里，被夹住无法动弹，困着出不来了。最后彼得斯放了出来，并出于某种奥古斯特诚挚地表示了谢意，将它带到前舱给他做伴，同时还留下一些腌牛肉、土豆和一罐水，然后就转身上去了，同时还答应第二天再下来时给他送一些吃的。

彼得斯走后，奥古斯特就将双手从手铐里挣脱出来，并使双脚摆脱了绳索的束缚。然后他放下刚才躺卧的床垫的一头，奋力地用一把小折刀（因为歹徒没想到要搜他的身）开始切割挡板，切割的位置尽可能地靠近床铺，这是以防万一有人突然进来，可以将床垫那一头放回原处，挡住切割的痕迹。不过，他后来并未受到什么打扰，到了夜里，他就将挡板完全割开了。值得一提的是，自从叛乱发生以来，所有的叛匪并不睡在前舱，他们都睡在主舱，在那里翻出巴纳德船长为出海而准备的储备食物大吃大喝，除了航行时绝对必须要进行的操作事项之外，其他一概不管。这种情况使我和奥古斯特感到十分幸运，因为如果不是这样的话，他就根本不可能来到我这里。就这样，他满怀信心地按照计划行动。不过，直到天快亮的时候，他才成功地切断那块木板的第二个部分（大约位于第一次切下的那块上方一英尺处），这样一来就形成了一个足够大的洞，使他可以顺利钻到主下甲板去。到了那儿，他没费很大力气便到了主下舱盖子旁边，虽然为此他必须爬过一堆堆差不多堆到上甲板底部的油桶，那地方仅容他挤过身去。这时他发现“老虎”也挤过两排油桶，跟着他下来了。可是，时间不早了，他不可能在天亮之前到达我的藏身之处，这主要是因为从下舱堆得密密麻麻的东西中间穿行，是一件相当困难的事情。于是他决定先回去，等到第二天晚上再说。打定主意后，他松开了舱盖栓，这样以便他再下去时能够少一些阻挡。他刚一拉开舱盖栓，“老虎”就跳到那个小小的开口处，嗅闻了一阵，然后发出一声长长的哀鸣声，还用爪子不停地挠着舱盖，好像想要用爪子将舱盖移开似的。从它的举动来看，毫无疑问它已经发现我在底舱，而奥古斯特认为如果将它放下去，没准就能找到我了。这时，他的脑子里闪过了一个念头，就是让“老虎”给我送个信，因为目前最要紧的是让我知道最好不要自己闯出去，至少在当时那种情况下不行，而他第二天能不能依照计划到我这里来也没法确定。后来的事态发展证明他能想到这个念头是多么幸运的事情，因为如果我没有收到那张字条，绝望中的举动肯定会惊动那些水手，最后的结果很可能是我俩全都没命。

奥古斯特决定给我写纸条后，就开始思考到哪里去找到必要的材料。很快，他找来一根旧牙签做成笔，做这个他完全靠的是感觉，因为两层甲板之间漆黑一片。字就写在一封信的背面——

就是那封伪造的罗斯先生的来信。这一封信因为笔迹模仿得不太好所以弃用了，奥古斯特后来又重新写了一封，幸运的是，他将先前的第一封信塞进了大衣口袋里，正好在此时此刻被他找了出来。现在，就只差墨水了，他立刻想到了一个替代的办法，他用小刀在指甲上方一点的位置轻轻划了一刀——不出意料，血从伤口处涌了出来。就这样，在黑暗中，在这样的情况下，他写完了字条。字条上所书写的内容简单地告诉我发生了叛乱，巴纳德船长被扔上小船漂走了，还告诉我可能很快就能拿到补给，但千万不要冒险轻举妄动。字条上的最后几个字是："我写这封信用的是血——躲好才能保命。"

他将这张字条绑在狗身上，然后把狗放下舱口，自己则快速回到了前舱，经过观察，他确信自己离开时并没有人来过。为了掩盖隔板上的洞，他将小刀扎在洞上方一点点的地方，在卧铺上找来一件水手的外套挂到刀柄上。然后他重新将手塞进手铐、将脚套进绳索里。

奥古斯特刚做完这些事情，德克·彼得斯便醉醺醺地下来了，不过他的脾气却并不坏，还给我的朋友带来了当天的食物，有十几个个头很大的烤爱尔兰土豆和一大罐水。他在卧铺旁边的箱子上坐了一会，毫无拘束感地谈起了大副和一般与帆船相关的话题。他的举止很不同寻常，甚至可以说有些怪异。有那么一会儿，奥古斯特对他的古怪举动感到十分讶异。不过，彼得斯最后还是回甲板上去了，嘴里嘟嘟哝哝地说第二天再来给他的囚徒带一顿丰盛的大餐。当天白天，两个水手（捕鲸手）和厨子也一起下来了，三个人都喝得酩酊大醉。像彼得斯一样，他们都毫不避讳地谈论着他们的计划。看来，这伙人之间对最终目标看法不一致，除了要攻击随时都会遇上的从佛得角开来的大船这件事之外，他们对于其他的事情都无法统一意见。奥古斯特能够肯定的是，叛匪们叛乱的目的并不全都是为了抢劫，大副与巴纳德船长之间的私人恩怨才是这次变故的主要原因所在。水手们之间似乎分成了两个主要派别——一派以大副为首，一派以厨子为首。前一派主张一见到合适的船就拦住抢过来，然后在西印度群岛的某个岛上将其改装成海盗船。但后一派人多势众，德克·彼得斯也被包括在其中，他们坚持按照原来拟定好的方案，将帆船开往南太平洋，在那里从事捕鲸事业，或者看情况找些合适的事情来做。很明显，由于彼得斯经常来往于这些海域，因此他的建议对于那些在追逐利润还是纵情享乐之间摇摆不定的叛匪而言很有分量。彼得斯反复地向叛匪们讲述太平洋无数岛屿上那新奇有趣的世界，告诉他们在那里可以既安全又自在地尽情享受生活。不过他讲得更多的是享受怡人的气候，过上美好的生活，欣赏性感丰满的美女。目前为止，大家还没做出任何确切的决定，但这位混血儿所描绘的图景已经使水手们心向往之，所以很有可能他的建议最后会被采纳并付诸实施。

大约一个小时之后，这三个人离开了，那一天剩下的时间里，再没有其他的人进来过前舱。奥古斯特静静地一直躺到傍晚，然后便解开了手铐、绳索的束缚，开始准备实施自己的计划。他在一个铺位上找到了一只瓶子，用彼得斯留给他的罐子里的水将其灌满，同时还在衣服口袋里塞了几个冷土豆。让他感到高兴的是他还找到了一盏提灯，里面有一小块烛油。他有一盒黄磷火柴，随时都能将灯点亮。等到天黑透之后，他将舱铺的床单被子弄得好像有人躺在里面一样，然后便从墙上的洞中钻了过去。钻过去之后，他转身像前面所说的那样将水手外套挂在刀柄上遮住洞口——他不费吹灰之力便完成了这项工作，因为直到最后他才将那块取下的木板放了回去。至此，他来到了底层甲板，开始像上次那样在上甲板和油桶堆之间爬行前往底舱盖。到了那里，他点上那块烛油，钻了下去，在四处堆放着杂物的下舱里困难重重地摸索着前进。爬了一会儿之后，他吃惊地发现这里的恶臭味简直叫人无法忍受，空气浑浊不堪，很难想象我在这么长的时间里呼吸着这种空气还能够生存下来。他不断地喊着我的名字，但是并没有听见我的回答，于是他的担心似乎得到了证实。帆船摇晃得很厉害，四下里有很多嘈杂的声音，不能妄想听见任何微弱的声音——例如我的呼吸声或鼾声。他扯开灯罩，利用一切机会尽可能地将其高高举起，他心想如果我还活着，碰巧看见亮光，就会意识到自己马上便可以得救。可我还是没有发出任何声响，之前对我已经死去的猜测这时似乎已经变成了定论。不过，他还是决定尽可能地努力挤到箱子边，这样至少可以确切地证明他自己的猜测是否正确。他忧心忡忡、困难万分地前行着，但稍后发现路已经被完全堵死了，根本不可能按照原来计划的路线再往前迈出一步。此时他感到非常伤心难过，绝望地倒在那堆杂物中间，像个孩子似的哭着。正是在这段时间里，他听见了我将瓶子扔在地上所发出的碎裂声。这个小插曲发生得真是无比幸运——因为我的性命似乎就悬在这件看似微不足道的小事上。不过，我是事隔多年之后才意识到这一点的。而当时，奥古斯特因天性使然对自己的软弱和犹豫不决所产生的后悔、惭愧之情，使得他并没有告诉我实情，后来在一次亲密且毫无保留的交谈中，他才向我吐露真情。当他发现自己没有办法移开挡在前进路上的障碍、无法继续前行时，便决定放弃找我，立刻回到前舱去。不过，在因此而对他进行谴责之前，还得考虑一下让他当时进退维谷的困难境地。夜晚的时光在飞快流逝，可能会有人发现他不在前舱；而且如果天亮时他还不能够回到舱铺的话，被发现的可能性就更大了。他的蜡烛也快燃烧完了，在摸黑的情况下找到自己的舱口，那是一件相当困难的事情。还应该考虑到的是，他完全有理由认为我已经死了；这样的话，他即使爬到箱子这里来对我而言也没什么意义，而他所经历的千难万险就全都是在做无用功。他反复叫了我好几遍，却都没有听到我回应。除了他最早时留给我的那罐水之外，我已经连续十一个日夜没有其他的水可以喝，而在刚刚躲进来的时候我根本不会考虑到要节约饮水，因为我满心认为自己很快就能出去。而且他是从空气相对比较流通的舱室进入下舱的，他一定会觉得这里的空气很浑浊，比我刚来到此地时更感到难以忍受——因为在我下舱前的几个月里，底舱盖一直是敞开着的。除了这些情况之外，我的朋友在不久前还刚刚亲眼目睹了一幕血腥恐怖的场景，然后又被囚禁起来，剥夺了自由，好不容易才捡回了条命，而他当时仍然身陷囹圄——这一切都很容易使人丧失意志力——读者们一定也和我一样，对于他在这种情况下背弃友谊，丧失信念，心里更多的是感到难过，而不是愤怒。

瓶子扔在地上的声音清晰可闻，但奥古斯特并不能肯定这声音就一定是从下舱传来的。不过，即便心存疑虑，这也足以使他重拾勇气继续尝试下去。他爬上了堆得几乎挨到底层甲板的货物堆，等到摇晃的帆船出现一阵暂时的平静时，他便冒着被其他人听到的危险，立刻扯开嗓子尽可能大声地喊着我的名字。别忘了，这一回我听见了他的呼喊声，可我在极度兴奋的状态之下竟无法出声回应。这使他觉得自己最坏的担心已经得到了证实，于是便爬了下来，准备尽快回到前舱中去。匆忙之间，他将几只箱子弄倒在地板上，前面我已经说过我听见了它们倒地所发出的声音。他往回已经走了一段距离之后，我那把切肉刀掉在地上的一响，使他变得犹豫起来。他立刻转身，再一次爬上货物堆，同上次一样，趁短暂的平静间歇大声呼喊着我的名字。这一次我终于能够做出回应了。他见我还活着，简直是喜出望外，便决心克服一切艰难险阻也要爬到我这边来。他尽最大努力尽可能快地绕出了杂物迷宫的包围圈，挤进了一处看似可以继续前行的空隙；最后，又经过了几次努力，他终于筋疲力尽地来到了箱子旁边。

第六章

这一段所讲述的大概情况是我们待在箱子边时奥古斯特告诉我的。后来他才给我详细地讲述了所有的细节。因为当时我们待在下面，他老担心有人会发现他不在前舱，而我则疯狂地想要快点离开那可怕的囚禁之所。小叙一会之后，我们决定立刻摸到舱壁上挖出的那个洞边去，我暂时留在洞边，奥古斯特则出去查探情况。我俩谁都不愿意将“老虎”扔在箱子里不管，但不这样又能怎么样呢？这会儿它似乎十分安静，我们将耳朵贴到箱子上也很难听到它的呼吸声。我认定它已经死了，便把箱门打开，发现它正四肢平摊着躺在那里，显然是正处于深度昏迷的状态，可仍然还活着。虽然此刻时间非常宝贵，但我还是不忍心将这只曾经两次救了我性命的动物就这样丢下不管不顾，依旧想尝试着拯救它的性命。于是，尽管行动十分困难，疲累至极，奥古斯特和我还是奋力拖着它一起前行；在此过程中，奥古斯特还曾将这条大狗夹在自己胳膊下奋力翻过一堆堆的杂物，而这类举动对于极度虚弱的我而言是无法完成的。最后，我们来到了那个洞边，奥古斯特先钻了过去，然后将“老虎”也推了过去。一切平安，我们并没忘记真诚地感谢上帝将我们从危难之中解救出来。我们一致同意，我暂时留在洞口边，这样我的朋友就可以很方便地把他每日的食物分出一部分来给我，同时我也能够呼吸到相对较为干净的空气。

对于我的讲述中所提及的帆船上的堆积物，一些曾经见过正规货物装载的读者可能会觉得有些难以理解，在此我必须说明，由于巴纳德船长的疏忽，格兰帕斯号上如此重要的职责竟然这样一团糟，实在有点丢人，他受雇的航行任务十分危险，所要求的是一位为人谨慎、经验丰富的水手，可是这两样他都不具备。随随便便就是无法将货物堆放整齐的，在我自己有限的经历之中，就曾见过因对这方面的疏忽或无知而发生的一些灾难性的事故。近海区域航行的船只，由于需要频繁地装卸货物，最容易因忽视恰当堆放货物而发生事故。最重要的一点就是，即使船在猛烈地晃动着，也要保证货物或压舱沙袋没有移位的可能。为此，不仅要严格的把关装载的货物的体积，还要了解货物本身的性质，以及船只是否满载。大多数货物在装舱时都需要压紧。因此烟草或面粉通常都被紧实地塞进下舱，以至于在卸货时会发现，那些大大小小的桶都给挤扁了，必须过一会儿才能恢复原状。不过，这样的安排主要是为了给下舱腾出更多空间，因为满载了烟草面粉之类的货物，是不会发生移位危险的，至少不会因此而造成什么麻烦。这种堆挤方法的确造成过一些严重事故，但究其原因与货物移位是完全不同的。例如，一条满载着棉花的船，由于货物在某种情况下发生膨胀，从而造成了沉船事故。毫无疑问，如果不是装运烟草的圆桶上有缝隙的话，发酵过程中的烟草也可能会出现相同的状况。

只有在船并非满载时，移位才可能造成真正的危险，不管什么情况下都必须采取各种预防措施，以便避免这类不幸事件的发生。只有那些亲身经历过风暴的人，或者经历过船在风暴雨过后、海面突然平静时的颠簸的人，才能明白那对松散堆放的货物会产生怎样巨大的撞击，以及因此而产生的可怕的冲击力。在这种时候，船只在没有满载的情况下谨慎装货的必要性就更为明显。当船只顶风停泊时（尤其是艏帆较小的船），船艏造型不当的船身常常会横向倾斜，这种情况甚至会平均每十五或二十分钟就会发生一次，不过只要放置得当，也并不会产生严重的后果。然而，如果没有严格按照要求将货物堆放好，船在发生第一次重重倾斜时，货物整个就会翻向船只贴近水面的一边，由于船无法很快重新回到平衡位置，几秒钟之内水就会漫进船舱，从而导致船只下沉。在海上遇到暴风之后沉没的船只半数以上是因为货物或压舱物位移所造成的，这么说并不夸张。

如果船不是满载，对于任何货物而言，在整批货物尽可能紧密地堆放好之后，还必须罩上一层与舱等长的防移板。这些板上还须支起临时、结实的木桩，支柱必须抓紧上方的船骨，如此才能将所有货物都固定在相应的位置上。针对稻谷或类似的货物还必须采取一些附加措施。离港时满满一舱的稻谷，到达目的地时可能会发现仅剩不超过四分之三，这是因为货物是承运人一蒲式耳一蒲式耳称量的，会大大超过实际承运的数量（由于谷物膨胀的原因）。这是航行过程中的“压实”所造成的，航行时的风浪越大，到港后舱内的谷物数量看上去就越少。如果将谷物松散地抛放在船内，那么即使使用防移板和支柱，在长途航行过程中仍然容易发生位移，从而引起最糟糕的灾难。为防止出现这种情况，离港前必须采取一切可能的措施来使货物尽可能地被“压实”；就这方面而言有不少可以采用的好方法，例如向谷物里打楔子。即便采取了这些措施，并且费时费力地将防移板和支柱固定好，装载谷物的船只上的职业水手在遇到任何强度的风暴时仍然不敢掉以轻心，尤其是船上只有半舱谷物的时候。然而，我们近海的货船数以百计，并且更多货船还有可能从欧洲港口驶来，它们每天都在非满载的状况下航行，有时候甚至还装载着很容易造成危险的货物，但他们并没有采取任何预防措施。令人惊叹的是，这种情况下通常会发生的事故实际上都发生过了。我就知道一例出于此类不够谨慎的态度而造成令人惋惜的后果的事故，该事故发生在 1825 年，出事的是“萤火虫”号纵帆船，船长叫乔尔·赖斯，船上装载的是玉米，从弗吉尼亚的里士满驶往马德拉。这位船长已经有很多趟航行任务，尽管他从来都不关心货物的堆放方式是否正确，至多也就用一般的办法将它们固定一下，可一直都没有发生过什么严重的事故。他以前从来没有负责过运载谷物的船只，这一次，他将玉米随意地扔在船上，只装了半船多一点。在该次航程的第一阶段里，他只遇到了些微风天气，可是当船行走至离马德拉只有一天路程的地方时，他遭遇到了从东北偏北方向刮来的一阵强风，这迫使他只能逆风停船。他用卷起一半的前桅帆让帆船迎着风，船停得十分正常和平稳，一滴水都没有进。入夜时分，风势有些减弱了，船开始有些摇晃起来，但情况依然良好，直到突然间所发生的一阵猛烈倾斜将船身横向倾倒打向右舷。有人听见整船的玉米哗地一下全部向右侧滚去，巨大的冲击力撞开了主舱盖。帆船顿时沉入了茫茫大海之中。就在此事故发生时，不远处驶来了一条从马德拉来的单桅帆船，船上的人救起了一名落难水手（唯一一名获救者），然后像其他操纵正确的船只一样，平安无事地驶离了强风地带。

格兰帕斯号上的货物如果说是被堆放起来的话，那也是胡乱堆放的，其实不过就是一堆乱七八糟的油桶和船具。我已经描述过下舱里那些物件的情形了。下层甲板上的空间足以能够让我将身体塞在油桶和上甲板之间（之前我已经讲过了）；主舱口周围还留有一处空间，货舱里也有一些较大的空间空置着。奥古斯特在舱壁上挖出的洞旁边还能放得下整整一个大桶，我就暂时挺舒服地待在这里。

等到我的朋友安全回到卧舱、重新套上手铐和绳索时，天已经大亮了。我们不得不说是侥幸逃过一关，因为就在他刚刚将所有事情弄完的时候，大副就带着德克·彼得斯和厨子下来了。他们谈论了一会从佛得角来的那条船，似乎正在焦急地等待着它的出现。谈话结束之后，厨子来到奥古斯特躺着的下铺前，在他枕头边坐了下来。我从藏身的地方什么都能看见和听见，因为那块被挖掉的木板还没有放回去，我很担心那个黑人随时都有可能撞到挂在洞口用于遮挡的那件水手夹克，那样一来，一切都会被暴露，我和奥古斯特毫无疑问会立刻送命。幸好我们的运气还不错；尽管帆船摇晃时厨子不停地碰到夹克，但却从未重重地压在上面，因此也没能发现藏于其后的秘密。夹克的下摆被小心地固定在舱壁上，以防止衣服摆向一边时露出后面的洞来。在这段时间里，“老虎”一直躺在舱铺靠脚的一端，各种官能似乎稍微恢复了一点，因为我看见它偶尔还会睁开眼睛，长长地吸上一口气。

过了几分钟，大副和厨子上去了，德克·彼得斯则留了下来。那两人刚一离开，他就走过来在刚才大副坐的位置上坐下，开始用和蔼可亲的语气同奥古斯特交谈起来，这时候我们才明白，刚才那两人在时他所表现出来的醉醺醺的样子，多半是装出来的。他十分坦诚地回答了我朋友所提出的所有问题，还说那天他们砍断缆绳让小船自由漂流时，太阳落山之前他看到至少有五条帆船在附近航行，所以肯定会有人向他父亲伸出援手的。他还对我的朋友说了一些其他的安慰的话语，这让我又惊又喜。事实上，我的心中开始燃起希望之光，或许我们可以借助彼得斯的帮忙，最后夺回帆船的控制权，后来，一有机会我就将这个想法告诉了奥古斯特。他觉得存在这种可能性，但却告诉我说这个混血儿的行为十分任性无常，并且很难讲他的脑子在什么时候是正常的，因此我们行动时必须极为小心谨慎。大约一个小时之后，彼得斯上甲板去了，直到中午才又下来，给奥古斯特带来了很多腌牛肉和布丁。等只剩下奥古斯丁和我时，我便从洞口钻出来尽情地饱餐一顿。自那之后，当天一直都没有人再下到前舱中来，我躺在奥古斯特的卧铺上一觉睡到第二天黎明时分。这时，他听见甲板上传来了一阵响动声，便叫醒了我，我立刻就钻回到了藏身之处。天大亮时，我们发现“老虎”已经差不多恢复了体力，并没有患狂犬病的迹象，正迫不及待地喝着我们给它的一点水。白日里，它完全恢复了以往的精力和胃口。毫无疑问，它之前的古怪行为是因为下舱内的污浊空气引起的，与狂犬病并无任何关系。我对自己坚持将它带出箱子的决定感到欣喜万分。这一天是六月三十日，是格兰帕斯从南塔克特起航后的第十三天。

七月二日，大副下来了，他像往常一样喝得酩酊大醉，脾气还出奇的好。他来到奥古斯特的床铺前，在他背上拍了一下，并问如果将他放了，他能否乖乖地听话，并保证不再到主舱去。当然，我的朋友对此给予了肯定的答复，于是这恶徒便从自己衣服口袋里掏出一瓶朗姆酒让他喝了一口，然后给他松了绑。两人便一起上甲板去了。三个小时后，我才又见到了奥古斯特，他告诉我一个好消息：他获准可以在帆船上自由走动，只要不越过主桅杆就行，而且必须像以前一样在前舱睡觉。他还给我带来了一顿丰盛的晚餐和充足的水。帆船仍然继续航行着，等待佛得角来的那艘船的到来，这时候有人看见远处有一片船帆，他们认为那条船来了。由于之后八天的时间里所发生的事情并不太重要，而且与我的叙述并没有什么直接的关系，因此我就用日记的形式将它们简单地记录下来，因为我不想对它们完全只字不提。

7 月 3 日。奥古斯特给我弄来了三条毯子，我用它们在自己的藏身之处做了一张舒适的床。日间，除了我的朋友之外，没有其他人来过。“老虎”安分地躺在洞边呼呼大睡，好像尚未从病中完全复原。到了傍晚时分，突起一阵狂风向帆船袭来，船来不及收帆，差一点就倾斜颠覆了。好在这阵风很快就平息了，除了前桅上帆被撕破了之外，船并没有发生其他的损坏。德克·彼得斯一整天对奥古斯特都很和善，还同他聊了很久太平洋，以及他在该地区所去过的那些岛屿。彼得斯问奥古斯特是否愿意和这些叛匪们一起去那些地方展开一次探索和愉快的航行，还说其他水手都渐渐开始倾向于大副的意见。对此，奥古斯特认为自己最好回答说愿意去探险，因为反正也别无其他选择，反正干什么都比当海盗强。

7 月 4 日。远处的那条帆船最后被证明是从利物浦来的一艘小船，他们便没去骚扰，让它过去了。奥古斯特大部分时间都待在甲板上，试图尽可能地弄清楚这些叛匪的真正目的。叛匪们之间经常发生激烈的争吵，其中有一次还将捕鲸手吉姆·邦纳扔进了大海。大副一派渐渐占了上风，而吉姆同厨子是一派的，彼得斯也是这一派的。

7月5日。天快亮的时候，西方吹来一股强微风，到了中午时便变成了大风，帆船只能收帆，只留下斜桁纵帆和前桅下帆。收前桅上帆时，一个名叫西姆斯的普通水手（属于厨子派的）喝得烂醉，掉进海里淹死了，没有人去救他。如此一来，船上总共剩下十三个人：厨子一派的德克·彼得斯、黑人厨子西摩尔、琼斯、格里利、哈特曼·罗杰斯以及威廉·埃伦，大副一派的大副（我从没弄清他到底叫什么）、阿布萨罗姆·希克斯、威尔逊、约翰·亨特以及理查德·帕克。剩下就是奥古斯特和我。

7月6日。今天一整天都是狂风大作，天还下着雨。从帆船的接缝处涌进来很多水，一台水泵不停地抽着，奥古斯特也被迫去帮忙。就在黄昏时分，一条大船从我们旁边驶过，可直到距离很近时我们才注意到它。那应该就是叛匪们一直在注意寻找的那艘船。大副向它大声地打着招呼，可那边的回应却被大风的呼啸声盖过，根本无法听见。大约十一点钟那样，海上开始变得波涛汹涌，将船的左舷舷墙撞掉了一大块，此外还造成了其他一些不太严重的损坏。到了第二天清晨时分，天气变得有所好转，等到日出时几乎已经没有什么风了。

7月7日。当天一整天都波涛汹涌，由于帆船体重较轻，因而颠簸得十分厉害，我从藏身处可以清晰地听见下舱里有很多东西被颠的倒地乱滚。我还晕着船，状况十分严重。这天，彼得斯和奥古斯特进行了长时间的谈话，彼得斯说派别里有两个人——格里利和埃伦——已经投奔了大副一派，决定做海盗了。他向奥古斯特问了几个问题，奥古斯特当时并没有完全明白他的意思。到了夜间，船上的裂缝变得越来越大了，一时之间也无法修补好，因为帆船有些变形了，海水从缝隙处拥了进来。人们赶紧将一张船帆塞在船头下面，这多多少少有些帮助，我们已经开始能够控制漏水状况了。

7 月 8 日。日出时，东方吹来了轻轻的风，大副将船掉头向南，希望能抵达西印度群岛中的几个岛屿，以便继续实施他的海盗计划。彼得斯和厨子都没有反对，至少奥古斯特没有听见他们出声阻拦。所有关于打劫从佛得角驶来的船只的念头都被抛开了。每小时有三刻钟的时间，一台水泵都在不停地抽水，因此并不困难地控制住了漏水状况。用于堵塞缝隙的那张帆从船头下面被拖上了甲板。白天，我们还与两条相遇的纵帆船打了招呼。

7 月 9 日。今天天气不错。所有的水手都忙于修补舷墙。彼得斯又和奥古斯特聊了很久，言辞比前几次更为直白。他说，不管怎样他都不会同意大副的观点，甚至还暗示要将帆船的控制权从大副手中夺取过来。他问我的朋友在这样的事情上是否能够提供帮助，奥古斯特毫不犹豫地回答说：“可以。”然后，彼得斯说他会把这件事告知其他同伙，说完便离开了。在当天剩下的时间里，奥古斯特没有机会再次与他单独交谈。

第七章

7月10日。与一条从里约热内卢驶往诺福克的双桅帆船打了招呼。弥漫着薄雾，东面吹来了风向不定的微风。今天哈特曼·罗杰斯死了，死因是8号那天喝了一杯烈性酒之后痉挛发作。这个人是厨子一派的，也是彼得斯想要依靠的主要帮手。彼得斯对奥古斯特说，他觉得罗杰斯的死是大副下毒的结果，并说如果他不多加小心提防的话，可能很快便轮到他自己了。现在厨子一派只剩下彼得斯、琼斯和厨子自己，而对方那边则有五个人。彼得斯和琼斯提起过从大副手中夺取控制权的事，但后者反应并不太热情，他也就不好再继续说下去，也不好对厨子讲什么了。事实证明，他这样谨慎从事是一件非常幸运的事，因为当天下午，厨子也表示要站到大副那一边，而且还煞有其事地走到那边去了，而琼斯则找茬，同彼得斯吵了一架，还暗示说要告诉大副彼得斯煽动他夺权的事。现在很明显，得抓紧时间动手了，彼得斯表示，只要奥古斯特愿意出手相助，他就会不顾一切地冒险把帆船夺过来。我的朋友立刻告诉他，自己愿意参加任何以此为目的的行动；同时，他认为时机已到，便将我也在船上的事情告诉了彼得斯。那个混血种一听惊喜万分，因为他认为琼斯已然归入了大副一伙，不管怎样都是靠不住的了。于是两人立刻下到卧舱里来，奥古斯特喊着我的名字，彼得斯和我立刻便相互认识了。三人一致认为一有机会就要把帆船夺过来，我们根本没有把琼斯考虑在计划之内。一旦成功，我们就会把这条双桅帆船开进最近的港口，然后将船交出去。同伙的背弃使得彼得斯无法实现去太平洋的计划——没有了人员装备，这一计划是无法完成的，他只好寄希望于在法庭上以精神失常为理由要求免于处罚（他十分严肃而且斩钉截铁地说，他协助叛匪时一定是精神失常了），但如果还是被判有罪的话，就需要奥古斯特和我的帮他申辩来争取赦免。我们的讨论被“全体收帆”的喊叫声所打断，彼得斯和奥古斯特立刻跑到甲板上去了。

和往常一样，水手们差不多都已经喝得醉醺醺的了，他们还没来得及把帆收好，一阵强烈的狂风便席卷而来，将帆船的一头高高掀起。为避开风头，船身向右侧倾，造成船舱中灌进了大量的海水。危险刚刚过去，一阵又一阵的狂风再度袭来——好在没有造成什么实质性损害。很显然，船遭遇到强风暴了，猛烈的风正从西方和北方狂暴地吹过来。船上已经做好了一切抵抗风暴的准备，我们按照惯常的做法用被收缩到最小程度的前桅帆顶风停船。随着夜色加深，风也变得越来越猛烈，大海上波涛汹涌。这时，彼得斯和奥古斯特一起来到了前舱，我们继续展开讨论。

我们都认为，由于谁也不会想到我们会在这种时候采取行动，因此目前可谓是一个绝佳的机会。帆船已经做好抵抗风暴的准备，处于停泊状态，可以等到天气好转之后在进行航行操作，等我们的尝试成功之后，只要放出一两个水手，就可以帮助我们将船驶进港口去。主要的困难在于我们这边的人太少了。我们只有三个人，而舱里却有九个人，而且，船上所有的武器都在他们手中，除了彼得斯藏在身边的两支小手枪和他经常挂在马裤腰间的一把大水手刀。从某些迹象来看（例如通常放在各自位置的斧头和铁棒都不见了），我们觉得大副已经开始有所怀疑，至少对彼得斯产生了怀疑，他一有机会肯定会干掉彼得斯。很明显，我们要做的事情已经变得刻不容缓。但形势对于我们而言还是极为不利，采取任何行动都必须小心谨慎。彼得斯提议说自己上甲板去和瞭望员（埃伦）聊天，找个机会不发出任何响动，一把顺手将他推到海里去，然后奥古斯特和我也上去，在甲板上尽可能找到几件武器，大家一起冲过去，打他们一个措手不及，最后占领升降梯。我反对这一提议，因为我觉得大副（他一贯十分精明狡诈，除非事情与他的迷信偏见有关）是不会这样轻易束手就擒的。单从甲板上安排了一个瞭望员这件事来看，就足以证明他已经有所警觉——除了那些纪律相当严格的船只以外，一般船只在遇风滞航时并不会这样做。由于我的读者绝大部分都是没有出过海的人，所以我要在这里讲述一下处在这种情况下船上的具体情况。停船，或用航海术语说就是“停航”，是一种适用于多种目的的手段，实施方式也多种多样。正常天气情况下，使一艘船停止航行通常只是为了等候另一艘船的到来，或出于其他类似的目的。如果船在满帆时停航，通常的做法是将部分船帆翻转，让风把它们吹得紧贴船桅，如此一来船就会慢慢停止前进。但我们现在要说的是顶风停航。这种情况下风在船的前方，由于风势猛烈，因而船无法扯起风帆，因为那样就会有倾覆的危险。有时虽然是顺风，但因大浪滔天，故而船也无法扬帆航行。这时候如果让船顺风快速行驶，通常会有大量海水涌溅上船尾，或者在前行过程中船艏会向下猛冲，这样都会使船只受到损坏。因此在这种情况下，如非十分必要，一般不会顺风行船。当船只漏水时，即使海浪汹涌，也通常应当让船顺风航行，因为停航时船体所承受的强大压力会使裂缝被撕得更开，而顺风前进时情况就不会那么严重。当风力特别强劲、需将用于保持船头顶风的那块风帆撕破时，或因船体结构不当或其他原因，用上述手段无法使船只停稳时，也都需要让船顺风行驶。

遇到强风的船只根据其自身结构的不同会采取不同的方式来停航。有的船使用前桅下帆顶风停最好，我相信，这是用得最多的一种情况。大型方帆船有专用于快速停航的帆，被称之为风暴支索帆。但有时也会单独使用船艏三角帆——有时三角帆和前桅下帆一并使用，有时用收缩了一半的前桅下帆，此外用后帆顶风的情况也并不少见。通常前桅上帆会比其他种类的帆更好地完成这类任务。格兰帕斯号顶风停船时一般是用被风收缩到最小程度的前桅下帆。

当一条船顶风停航时，通常先要让风刚好正面吹向船头，使顶风帆鼓满风，然后再稍微拉拽帆朝向平展的船尾，也就是使它与船身成一条对角线。如此一来，船头就与风向形成锐角，迎风的船艏自然便能够承受住海浪的冲击。这种情况下，一条好船可以滴水不进地安然度过风暴，也无需水手们另外再注意些什么。通常，会将舵紧紧扎牢，但这么做根本没有必要（这样只会在松开后产生噪音），因为顶风停船时舵根本派不上用场。事实上，最好是让舵松开而非将其捆绑住，因为如果不留下晃动空间，舵很可能会被来势汹汹的海浪给打折。只要保证船帆状态良好，结实坚固的船只就一定能保持安稳，躲过任何恶劣天气情况，就像是具有生命和理智一般。但如果风力强到将船帆撕成碎片（通常情况下只有真正的飓风才能做到），那船只便会立刻面临危险。船会转向下风处，舷侧向海，完全听天由命了：此时唯一的办法就是赶紧将船转向顺风，让它顺风快速行驶，直到能够支起其他的帆。有些船什么帆不用就能能顶风停住，但在海上可千万不能寄希望于此。

现在结束闲谈，言归正传。大副从来没有在顶风停船时在甲板上安排瞭望员的习惯，但这会他这么做了，并且那些斧头铁棒也不见了，这些事实使得我们完全相信，那些水手已经有所警觉，我们不可能按照彼得斯的办法来对他们展开突然袭击。但还是必须采取行动，而且越快越好，因为既然彼得斯已经成为了被怀疑的对象，那么一有机会他就会送命，而这样的机会肯定会在暴风来袭之时被发现或被制造出来。

这时奥古斯特提议，如果彼得斯能找个借口将压在暗门上的铁锚搬开，我们也许能从下舱突然冲上去发动袭击；但是转念一想，船身摇晃得这样厉害，这么做肯定行不通。

幸运的是，最后我想出了一个办法，利用大副对迷信的畏惧和良心的谴责展开行动。不应忘却的是，一个叫哈特曼·罗杰斯的水手因两天前喝了烈酒便发生痉挛，于今天上午时分丢掉了性命。彼得斯曾告诉我们他认为这人是被大副毒死的，并且声称他这么想有着不可辩驳的依据，只是我们怎么问他都不愿意告诉我们实情——这种固执的拒绝和他一贯的特殊秉性完全一致。但是无论他怀疑大副的理由是否比我们的更加充分，我们都立刻对他的怀疑表示了同意，并决定采取相应的行动。

罗杰斯是大约上午十一点左右全身剧烈抽搐而死的，他那死后不久的尸体是我所见过的最令人毛骨悚然的物事。他的胃部鼓胀得厉害，像一个落水后在水底泡了好几个星期的人。双手的状况也类似，而面部皮肤皱褶，干瘪凹陷，惨白一片，仅有两三块明显的像患丹毒后产生的红色斑点：其中一块红斑斜着延伸过整个面部，就像一条红色的丝绒带完全蒙住了一只眼睛。中午时分，这具令人作呕的尸体被抬上甲板，准备扔进海里去，当时大副恰好瞄了它一眼（这是他第一次看见这具尸体），也许是因为自己的罪行而有所触动，也许是因为眼前的可怕景象而感到惊惧，他下令手下将裹尸体的吊铺缝合起来，并允许举行通常意义上的海葬仪式。发完指令后他便下舱去了，好像再也不愿意多看这个受害者一眼。正当水手们按命令做准备时，海上刮起了强风，这一计划便暂时搁置了。丢在那里的尸体被冲进左舷排水孔中，在我讲上述这些话时它依然随着帆船的剧烈颠簸而被来回滚动着。

计划定好后，我们便开始尽可能快地将其付诸实施。彼得斯上到甲板上去，不出所料，埃伦立马就开口叫住他，如此看来，埃伦被安排在前甲板就是扮演警戒员角色的。不过，这个坏蛋的命运就这样迅速而悄无声息地被决定了；彼得斯装出随意的样子走了过去，貌似要同他说什么，但突然之间却伸出手扼住他的咽喉，没容他发出一声喊叫便把他抛过船舷，扔进了大海。然后他招呼我们也上了甲板。我们行动的第一步就是四处寻找武器来武装自己，做这件事的时候我们不得不万分小心，因为在甲板上很难站稳脚，船头每向下猛扎一次，来势汹汹的海水就会漫过全船。同时，由于帆船显然正在快速进水，因此大副随时会上甲板来启动水泵，我们的行动必须十分迅速才行。到处搜寻了一会儿之后，我们只找到两根水泵把手，奥古斯特拿了一根，我拿了另一根。拿到了铁棍后，我们剥下了尸体上的衬衣，再将尸体扔进了大海里。然后，彼得斯和我下了甲板，奥古斯特则留下观察情况，他就站在埃伦刚才站的地方，背对着升降梯，如此一来，如果大副那伙人中有人下来，会以为那里站的就是瞭望员。

我一下到舱里，就立刻开始动手将自己打扮成罗杰斯尸体的模样。从尸体上剥下的那件衬衫帮了我们不少忙，因为那件衣服式样独特，很容易辨认，是件有弹性的罩衫，蓝底大白条花色，死者经常将它套在其他衣服的外面。我穿上这件衣服，然后在衣服里面塞了些床单给自己乔装了一个假肚子，打扮成那具已经肿胀变形的尸体，这些工作很快便完成了。然后，我又戴上一副白色的羊毛手套，胡乱往里面塞了些破布头布，这样一来手也显出了与尸体相似的效果。彼得斯则帮助我处理面部妆容，他先用白垩粉在抹遍我的面部，再涂上几处红色的血斑，血是从他自己割破的手指上收取的。他没有忘记那道横过眼睛的红斑块，我的相貌现在看上去真的能够使人大吃一惊。

第八章

借着一盏应急提灯所发出的昏暗的光芒，我对着挂在船舱里的一面破碎的镜子打量着自己，看着镜子中所呈现的可怖形容，心中不禁感到有些害怕，再一想到要假扮的那个人的惨状，心便忍不住剧烈地战栗起来，几乎无法下定决心继续扮演下去。但没有时间再犹豫下去了，必须赶紧采取果断行动，于是彼得斯和我一起上到了甲板上。

上到甲板上之后，我们三人并没有发现任何危险迹象，便贴着舷墙爬到舱口升降梯旁。门是半掩着的，楼梯顶部还放了几块木柴，以防止门被人从外面推上。透过枢轴处的缝隙，我们毫不费劲地看清了整个舱内的情况。现在看来，我们没对他们进行突然袭击是非常幸运的决定，因为他们很明显处于一种警戒状态。只有一个人在睡觉，而且就睡在升降梯的底部，身边还架着一支火枪。

其他的人坐在几个从卧舱里拿来随便扔在地板上的坐垫上。他们正在认真地商量着什么，从散落在地的两只罐子和几个锡酒壶来看，他们一直在饮酒作乐，但尽管这样，他们却并没有之前那种酩酊大醉的状态。所有的人手中都有刀，其中有一两人手里还有手枪，靠近他们的一张卧铺上还放着好几支火枪。

到目前为止，除了假扮罗杰斯突然起死回生、杀他们一个措手不及之外，我们还没有做出任何具体的决定，因此，在制定下一步计划之前，我们先偷听了一会他们的谈话。他们正在谈论他们的海盗大计，我们能够听清楚的是，他们打算同另一条纵帆船"大黄蜂"号上的水手合伙，如果有可能的话，再将那条帆船也夺过来，然后准备着手一个大计划。至于具体细节，我们谁也没有听清楚。

其中有一个人提到了彼得斯，大副回答他时声音压得很低，无法听清，后来他又补充说了一句话，这次的声音略微大了点："我不明白他为什么对留在舱里船长家的小子那么亲近，我认为把那两个家伙越早扔下海越好。"其他人对此没有应答，但我们很容易便能感觉到所有人都明白他的暗示，特别是琼斯。这段时间里我变得十分焦躁不安，当我发现无论是奥古斯特还是彼得斯都没有行动计划时，就变得更担心了。但是，我打定主意拼上自己的性命，也要多干掉几个，决不向屈服于自己的恐惧。

暴风咆哮着，打在索具上发出巨大的响声，海水一遍遍地洗刷着甲板，除了断断续续的短时间安静时刻之外，其他时间我们无法听清他们到底在谈论些什么。然而就在一次风声静下来的时候，我们清晰地听见大副告诉一个水手说："到前面去，把那两个笨蛋叫到舱里来，让我看着他们，我才不想船上有人在那里鬼鬼祟祟的。"幸运的是，此时船摇晃得很厉害，因此他的命令没有被立刻执行。厨子从坐垫上站起来准备去找我们，正好一个浪头打来，力量极大，以至于我以为桅杆都要被打断了，那厨子一头撞向左舷的一间卧舱，砰地撞开了舱门，引得大家一阵骚乱。幸运的是，我们三人都没有被甩离自己所站的位置，还来得及马上退回到前舱里，赶在传信人来到之前，或者说在他从升降梯口探出脑袋之前（因为他还没有上甲板来），赶紧制定一个行动计划。厨子在升降梯口是无法注意到埃伦是否还在那里的，于是他大声重复了大副的命令。彼得斯用假声喊道："哎，哎"，厨子立刻就下去了，一点都没怀疑一切是否正常。

这时，我的两个同伴大胆地走下去进了船舱，彼得斯随手将门照原样关上了。大副假装出一副诚恳的样子告诉奥古斯特说，由于他一直都很听话，因此现在可以到他的舱里来占个位置，以后大家就是一家人了，说着还给他倒了半碗朗姆酒让他喝下去。门刚一关上，我就紧随其后来到门边，躲在刚才的位置，他们所做的事情我全都看见了，所说的话我也全都听见了。我将那两根水泵把手一并带过来了，其中一根我放在升降梯口，以备不时之需。

这时，我尽可能地稳住身体，以便将舱里所发生的情况看清楚，还不停地给自己加油打气，准备一旦彼得斯按计划发出暗号，我就立刻去到那些叛匪之中去。这会儿，他正设法将话题引到血腥的叛乱上，还一步步地引导他们谈起了在水手中流传广泛的各种迷信说法。我无法听清楚他们所讲的每一个字，但是很明显的是，这次谈话的效果已经反映在了所有在场者的脸上。大副显然感觉很焦虑，这时有人谈起了罗杰斯那恐怖的尸体，我觉得他已经濒临晕过去的边缘了。这时，彼得斯说，那尸体在排水孔里甩来甩去实在太恐怖了，是否最好立刻将它扔到海里去。听到这话，大副直喘粗气，将脑袋慢慢朝着同伙们转了一圈，似乎在探究有谁愿意上去完成这一任务。可是，谁都没有动，很明显，大副一派所有人的神经都已经变得极度紧张。这也是彼得斯向我发出的信号。我立刻推开升降口扶梯的门，不声不响地走下去，站在人群中间。

考虑到当时的具体情况，鬼魂突然出现所带来的激烈反响并不难想象。通常情况下，发生这种事情，当事人的心中总会对眼前所见景象的真假心存一丝怀疑。心中不免抱着哪怕是十分微弱的希望，希望自己是某种骗术的受害者，而那鬼魂并不是真正来自于另一个世界的访客。我们完全可以说每次有鬼魂出现时，人们的心底都会闪过一些怀疑，而有时鬼魂所造成的极度恐惧（即便是在最极端、人们所经历过的最可怕的惊吓事例中），也并非是因为人们坚信现实中真的有鬼魂存在，而是因为心中有鬼，担心这一次鬼魂出现也许是真的。但在当前的情形下，人们立刻便会发现，这些叛匪的内心之中根本就没有可以产生任何怀疑的基础，他们相信这个出现在他们眼前的罗杰斯真的就是那令人作呕的尸体复活了，或者至少是鬼魂现身。这个骗局之所以看上去很逼真，还有一个原因是因为帆船本身与外界隔绝，加上遇到暴风，他人也完全无法接近它，这就将骗局限制在一个十分狭小有限的空间之中，使叛匪们觉得一眼就能看清楚所有的一切。大家已经在海上漂流了二十四天，还没有与其他的船只有过什么交流。除了充当瞭望员的埃伦之外，全体水手（至少是船上他们有理由怀疑的水手），都聚集在客舱里，而埃伦身材高大（有六英尺六高），他们十分熟悉，心里根本不会怀疑这鬼魂是埃伦。另外还应当考虑到的事实是：海上正在发生的风暴让人感到畏惧；彼得斯之前挑起了一段让人惊惧的谈话；上午尸体的惨状在水手们心里留下了深刻的印象；我的装扮十分逼真。除此之外，他们看见我的时候，舱里的灯正剧烈地晃动着，灯光恰好将我那可疑的身影照得摇晃不定，这一切，无疑使这场骗局的效果大大超出了我们的预期。大副从垫子上一跃而起，一句话都没来得及说，便向后倒在客舱地面上，僵死过去，这时帆船猛烈地一晃，他便像段木头一样朝下风处滚去。剩下的七个中只有三个人在刚一见到我时还保持了一丁点意识，另外四个则像在地板上扎了根似地僵坐在那里，脸上是我见过的最极度的恐惧和绝望，样子很可怜。我们遇到的唯一抵抗来自于厨子、约翰·亨特以及理查德·帕克，但是他们的抵抗显得有些犹豫不决，不堪一击。前两个人被彼得斯当场开枪打死，我则用随身带着的水泵把手朝着帕克的脑袋重重一击，将他打倒在地。与此同时，奥古斯特从地上抓起一支火枪，对着另一个叛匪（威尔逊）当胸开了一枪。现在只剩三个叛匪了，但此时他们开始从最初的惊惧中苏醒过来，也许是发现自己上了当，便都愤怒地拼命反抗起来，如果不是彼得斯力大无穷，还真有可能会最终将我们打败。这三个人是琼斯、格里利和阿布萨罗姆·希克斯。琼斯将奥古斯特摔倒在地，对着他的右胳膊连刺几了几下，要不是有一位我们都没有想到的朋友的及时援助，奥古斯特可能很快就没命了（彼得斯和我一时之间都无法摆脱各自的对手）。这位朋友就是“老虎”。它低吼一声冲进了客舱，就在奥古斯特处于死亡边缘之际，朝着琼斯猛扑了上去，立刻将他紧紧压在地板上。我的朋友此时受了很重的伤，无法前来支援我们，而我因为身上穿着的伪装限制了行动，没办法发挥更大的作用。那条狗死咬住琼斯的脖子不松口，剩下的两个匪徒根本就不是彼得斯的对手，若非客舱空间狭窄，船又在剧烈摇晃着，彼得斯肯定会更快、更轻松地将他们都结果掉。这时，他正好抓到了散落在地板上的几把笨重的小凳子中的一把，眼见格里利要朝我开枪，他就顺手一砸，把格里利的脑袋砸开了花，紧接着帆船一晃，他又撞上了希克斯，于是他使劲地掐住希克斯的脖子，力气超大，竟然不一会就把希克斯给掐死了。这样，在比我这番叙述还要短的时间里，我们已经成为了这条帆船的主人。

我们的对手中唯一还活着的是理查德·帕克。前面已经提过，这家伙是我在行动刚刚开始时用水泵把手击倒的。现在他正一动不动地躺在四分五裂的卧舱门边，但当彼得斯用脚踢了踢他的时候，他开口讲话了，请求我们饶他一命。他只是脑袋受了点伤，其他地方都安然无恙，只是被重击打昏了而已。他站起身来，我们暂时把他反绑了起来。“老虎”还在冲罗杰斯狂吠着，但我们过去检查时，发现他已经死了，血从颈部一处很深的伤口处喷涌而出，毫无疑问那是“老虎”尖利牙齿的杰作。

此时大约是凌晨一点钟那样，风依然猛烈地刮着。帆船显然颠簸得异常厉害，绝对有必要立刻采取措施让它变得稍微平稳一点。差不多每次朝下风处颠簸之时，海水就会涌上船来，而在刚才的混战当中，由于我在下来时没关上舱门，因此好几次有部分海水灌进了主舱。左舷的整片舷墙、船上的厨房以及船艉的小艇也都被冲走了。主桅杆发出嘎吱嘎吱的响声，这表明它就快要断裂了。当初为了给后舱腾出更多的储藏空间，主桅杆桅脚的基座被安置在两层甲板之间（无知的造船工有时会这么做，这种设计应该受到强烈的谴责），因此，我们正面临着主桅从基座脱落的危险。但比这还要糟糕的是，当我们测量水泵舱的进水深度时，发现那里至少积着七英尺深的海水。

我们将几个水手的尸体留在主舱内，便立刻开始着手处理水泵的事情——当然，我们释放了帕克，让他帮着干活。我们尽量把奥古斯特的胳膊包扎好，他也尽力帮着分担部分劳动，不过只能稍微帮帮手而已。我们发现，即便让一只水泵不停地抽水，也只能保持进入船中的水位不再上涨罢了。由于我们一共才四个人，这项工作便显得尤为严峻，但我们还是努力保持士气和斗志，同时焦急地盼望着天亮，因为等到那时便可以砍掉主桅杆，减轻帆船的载重。

就这样，我们度过了极其紧张和疲累的一晚，当天终于亮起来时，强风不仅没有减弱一丝一毫，也没有任何即将减弱的迹象。现在，我们将几具尸体拖上甲板，然后将它们扔进了大海。接着，我们就开始考虑如何扔掉主桅杆。一切准备就绪之后，彼得斯开始砍桅杆（他从主舱里找到了一把斧头），而其余的人则全部站在桅索和帆索边。等帆船顺风向前猛烈一冲时，彼得斯立刻下令砍掉上风系索，一斧头砍下去，整根木杆带着绳索哗地一声完全脱离了帆船，跌入大海之中，并没有给帆船造成实质性的损伤。这时我们感觉到帆船行进起来已经没有之前那么颠簸了，但情况依然不容乐观，尽管我们已经拼尽了全力，但如果没有两台水泵的帮助，还是无法减少涌进船舱的水。奥古斯特所能提供的那点帮助实在是起不了什么作用。更为雪上加霜的是，一阵大浪袭来，将帆船撞得偏离了风向，还没等船重新回到原位，又一个大浪席卷了整条船，使得船的横梁末端都触到了水面。压舱沙袋全部都压到了船尾（这些沙袋已经随意滚动有好一会了），有那么一会，我们以为船铁定要倾翻了。然而，船身很快地部分恢复了原位，只是那些沙袋还压在左舷，导致船倾斜厉害，开动水泵根本就不能置于考虑之列，事实上，我们也不可能再继续这样玩命地干下去了，因为我们的双手都因过度的劳动而受伤，血流不止，景象十分可怖。

我们没听从帕克的建议，反而准备将前桅也砍掉，由于我们所处境况不容乐观，因此颇费了一阵力气之后才最终成功地砍断了前桅。前桅掉进海里去时，还捎带上了船艏斜桅，整条帆船自此就只剩下一具躯壳了。

船上的大艇在数次海浪冲击下还没有受到任何破坏，因此到目前为止，我们有理由为之感到高兴。然而好景不长，由于前桅被砍掉了，当然帆船用以保持平稳的前桅下帆也随之而去了，如此一来，海上的每一排巨浪全都撞击在船身，不到五分钟，整个甲板从头到尾被一扫而光，大艇和右舷舷墙全被冲走了，连起锚绞盘都给砸成了碎片。说真的，我们的境况的确不可能变得更糟糕了。

中午时分，暴风似乎有了一丝减弱的迹象，然而迎接我们的只有可悲的失望。风势仅仅平缓了几分钟那样，就变得更加猛烈起来。大约下午四点的时候，面对着强劲的烈风，人几乎无法站直身体；到了夜晚来临之时，我根本就不指望这条船还能够撑到第二天早上。

午夜，船上的积水已经非常深，差不多到下层甲板的位置了。不久，船舵也被卷走了，海浪将帆船的后半部完全托出了水面，船头像冲上海岸那样猛烈一击，然后朝水里一头扎下去。我们都以为船舵一定能够到最后，因为我用了我所知道的办法对其进行了加固处理，故而特别结实。船舵的主轴上有一排粗壮坚硬的铁钩，同样的铁钩在船尾杆上也有一排. 中间是一根很粗的铸铁杆，舵就这样被安装在船尾杆上，随着铁杆自由转动。将其卷走的海浪到底有多大的力量，从眼前的事实中便可见一斑：那些套在船尾杆上的铁钩原本都是向内弯曲钉牢的，现在却一根根的从坚硬的木杆里被完全拔了出来。

面对上述海浪的猛烈一击，我们还没来得及喘一口气，一阵我所见过的最大的排浪便正对着我们砸了下来，海浪将升降梯干干脆脆地卷走了，海水涌进舱口，整条船灌满了海水。

第九章

幸运的是，在入夜之前，我们四人都已经将自己用绳索紧紧地绑在了起锚绞盘的残余部件上，然后尽可能地平躺在甲板上。凭借这一措施，我们才能够得以幸免于难。令大家惊惧的是，冲刷在我们身上的海浪极其沉重，直到我们就快要精疲力竭之时才慢慢退去。我刚一能呼吸，便开始大声呼叫自己的同伴们。只有奥古斯特回答说："我们没救了，愿上帝拯救我们的灵魂!"接着，其他人也开始慢慢能够讲话了，他们劝我俩要鼓起勇气，还有生存的希望。从装载货物的情况来看，船不大可能会倾翻沉没，而且暴风很有可能会在早晨便逐渐平息。这些话使我重新燃起了生的希望，因为装满了空油桶的船显然是不会沉没的，可奇怪的是，我当时脑子里一团乱，竟然完全忽视了这一点，一直认为船所面临的最大危险就是沉没。随着希望的回归，我开始利用一切机会来加固将我拴在绞盘残余部件上的那道绳索，很快我便发现，其他的伙伴们也都在忙碌着。在最为深沉的漆黑夜色之中，根本无法将我们周围那可怕的、发出凄厉之音的黑暗和混乱描绘出来。船的甲板几乎和海面持平，或者也可以说，我们被一圈吐着白沫的海水所包围着，每分每秒都有海水从我们身上漫过。毫不夸张地说，我们的脑袋每三秒钟里只有一秒钟是露在水面上的。尽管我们相互之间挨得很近，却根本无法看见对方，也看不清我们躺在上面、听任狂风将我们甩来甩去的那条帆船。每隔一会儿，我们就会互相喊着名字，以用这种方法来使同伴们保持清醒，并给最需要的人送去安慰和鼓励。由于奥古斯特身体非常虚弱，因此他成为了我们大家安慰的对象，加之他的右胳膊被砍伤，应该没有办法把捆着自己的绳索绑得很紧，我们真担心他随时都会被大浪卷进海里去——尽管如此，我们却根本无法给予他任何帮助。幸运的是，他的情况比我们其余的人都更为安全，因为他的上半身就绑在残留的那部分起锚绞盘下面，海浪撞击在绞盘上便四散飞溅开来，威力减少了许多。若非如此（他原本将自己绑在了一处比较开阔的地方，后来被海浪冲到了现在这里），他肯定挨不到第二天早晨就没命了。由于帆船正在顺风滞航，倾斜得厉害，因此相较于其他情况下而言，我们更不容易被甩下船去。如我所说的那样，船是向左舷倾斜的，甲板约有一半经常淹没在水中，因此，将我们冲向右舷的海浪被船舷一挡，威力便大大减弱，我们仰面躺在船上，落到我们身上的多是些四散的浪花，而从左舷打来的海浪通常被称之为逆水浪，我们卧躺的姿势正好使它无法起到攻击作用，因而没有足够的力量扯断捆绑在我们身上的绳索。

我们就身处在这种可怕的境况之中，一直躺到天亮，彼时才看清了周围那片令人恐惧的景象。帆船已经变成了一段木头，随着海浪颠簸起伏，风势要说有什么变化，那也是在继续增强，刮起了真正的飓风，在我们看来，几乎没有逃出生天的希望。一连几个小时，我们都不发一言，担心身上的绳索随时都会松开，残余的绞盘随时都会绷裂落入茫茫大海，或者随时会生出一道巨浪，从四面八方兜头砸下，将剩下的船身深深埋入水下，没等它重新露出水面，我们就会全部淹死，然而，上帝大发慈悲，让我们幸免于这场看似即将到来的灾难，中午时分宝贵的阳光出现了，我们都欢呼不已。没过多久，我们就觉察到风力明显减弱了，自昨夜后半夜以来便一直都没有讲话的奥古斯特，这时也开口问离他最近的彼得斯是否认为我们还有获救的可能。一开始没有听见彼得斯的回答，我们都以为那混血儿已经躺在那儿被淹死了，但是不一会就传来了他虚弱的说话声，使得我们都感到高兴万分。他说他觉得身上疼得厉害，因为绳索绑得太紧了，割伤了他的腹部，如果不能设法将绳索放松，他肯定就没命了，因为他觉得自己就快要无法忍受了。这让我们感到十分难过，因为海水依旧在不断地冲击着我们，此时根本想不出任何帮助他的办法。我们只好劝说他再坚强些，极力去忍受当前的痛苦，并答应一有机会就去救他。他回答说再过一会就来不及了，在我们去救他之前他就会没命的。说完，他呻吟了一会儿，便躺在那里没有声响了，我们觉得他肯定已经断气了。

随着夜色加深，海面上开始变得平静了许多，平均每五分钟就会有一次迎风而来涌上船的海浪，尽管风势依然强劲，但风力的确减弱了不少。我已经一连几个小时都没听见同伴们讲话了，于是便喊了奥古斯特的名字，他回答了，不过声音听上去依然很虚弱，以至于我没能听清楚他到底说了些什么。然后我又喊了彼得斯和帕克，他们都没有回答。之后不久，我便陷入了半昏迷状态。在此期间，许多让人快乐的形象在我的想象中飘浮着：绿意盎然的大树，麦浪起伏的田野，一队队跳舞的姑娘，一排排的骑兵，以及诸如此类的一些幻影。现在我记起来了，所有我内心想象中的事物之中，运动是最关键内容。因此，我没有去幻想那些静止不动的东西，比如说房子、高山或其他类似的东西，而是幻想着风车、船只、飞鸟、气球、骑在马背上的人、急速飞奔的马车以及类似的处于运动状态的东西，它们一个接一个不断地在脑海中浮现。等到我从这样的状态中回过神来时，我感觉太阳已经升起了约一个钟头。我十分困难地回忆着与自己目前处境有关的各种情况，有时候还坚信我依然待在船的下舱里，就在那藏身的箱子旁，帕克的身体就是“老虎”。

等我终于完全恢复知觉后，发现吹来的只是一阵柔和的微风，海面上相对而言较为平静，海水也仅仅只漫过了船的中部。我的左边胳膊已经从绳索里松脱了出来，胳膊肘上有一道很深的划痕，右边胳膊完全麻木了，手掌和手腕由于绳子的捆绑而肿得很厉害，绳子是从肩膀处一直向下捆绑着的，绑得非常紧。还有一根绳子捆在腰部，也勒得极紧，让人觉得疼痛难当。我四下一望，想看看伙伴们的情况如何，结果发现彼得斯还活着，但他的整个腰部已经被绳子给深深地勒出了一道痕迹，一眼看去还以为他被腰斩了呢。见我的身体开始动弹了，他便用手有气无力地指了指绳子。奥古斯特没有任何生存的迹象，他的身体弯在一段残留的绞盘上，几乎给折成了两半。帕克一看到我动，就问我有没有气力去帮他把绳子松开，他声称如果我能够拼尽全力松开绳子的话，那么我们还有可能活下来，否则，大伙就只能一起送命了。我告诉他要勇敢些，我会尽力去救他的。我从马裤口袋里摸到了那把小折刀，试了好几次才将其打开了。然后，我左手拿着刀，尝试着割断绑在右手上的绳子，再去割断了全身的绳子。可是，当我想站起身走到同伴那边去时，发现自己的两条腿根本没有办法动弹，完全无法站立，右边胳膊也不能动了。我将这一情况告诉了帕克，他让我静躺几分钟，用左手抓住绞盘，使全身的血液开始逐渐循环起来。这样做了之后，全身的麻木感很快便开始消退，先是一条腿能动了，接着另一条腿也可以动了，没多久，右胳膊也恢复了一些机能了。我并没有站起来，而是小心翼翼地朝帕克爬过去，很快就把绑着他的绳索全都割断了，过了一会，他的肢体也部分恢复了知觉。我们赶紧过去给彼得斯松绑。绳子割破了彼得斯马裤的腰部，割破了两件衬衫，深深地勒进了他的腹股沟，我们刚把绳子一拿开，血就涌了出来。与此同时，他很快便开口讲话了，貌似立刻缓过气来了——比我和彼得斯刚才要行动自如得多了——这肯定是因为他体内淤积的血被放掉了的缘故。

奥古斯特还是没有任何生命迹象，我们对于他活转过来并不抱什么希望。但是到他身边去一看之后，发现他只是因失血过多而晕厥过去了，我们包扎在他胳膊伤口上的布条早已经被海水给冲走了，而将他绑在绞盘上的绳索并没有紧到将他勒死的地步。我们给他松了绑，把他拖离了绞盘，安顿在向风处一块干爽的区域，让他的头稍稍低于身体，三人一起擦着他的四肢。大约半个小时那样，他恢复了知觉，不过直到第二天早晨，他才表示能够认出我们三个，并且有力气说话。等我们完全松开捆绑大家的绳子之后，天已经黑透了，云层涌了上来，我们又一次陷入巨大的恐慌之中，如果风力再次变强的话，就我们现在这副筋疲力尽的样子，无论如何也不能指望可以保命了。幸好，整个夜晚，风势都还算比较温和，海面更加平静，这使我们越发觉得有了最终活下去的希望。西北向的海风轻轻地吹着，但并不会使人感觉到冷。由于奥古斯特仍旧十分虚弱，无力抓紧任何东西，我们便小心地将他绑到绞盘上，以免他在帆船晃动时掉进海里去。至于我们自己则没有这个必要了。我们紧靠着坐在一起，抓着系在绞盘上的断绳头相互支撑着，商量着要如何逃离这一可怕的境况。我们脱下湿透的衣服将海水拧干，感觉舒服多了。等重新穿上衣服时，便觉得很温暖很舒适，恢复了不少力气。我们帮助奥古斯特脱下衣服，替他拧干水后再给他穿上，让他也获得了同样的温暖和舒适。

现在我们所面临的主要困难是饥饿和干渴，当我们开始思考用什么办法来解决这一问题时，心不由自主地沉到了谷底，不由得想，刚才还不如没有逃脱险境，干脆死掉算了呢。不过，我们安慰自己说，保不准很快就会遇上其他的船只而获救的，还相互鼓励着，无论发生什么危难，都要用坚强的毅力来面对。

终于到了十四日的清晨，天气依旧清爽宜人，从西北方向吹来了阵阵的微风。海面十分平静，我们也不知道是因为什么原因，帆船侧倾的情况也有所好转了，甲板也干爽了许多，我们可以自由走动了。我们已经整整三天三夜没吃没喝了，必须想办法下去找点食物上来。由于帆船灌满了水，我对于找到吃的并不抱多大的希望，大家的心情也十分沮丧。我们从被打坏的升降舱口弄来一些钉子钉进两块木板，做成一个类似于打捞筐的东西。我们将两块板子交叉绑在一起，然后再拴到绳索上给扔进舱里去，不抱什么希望地来回拖着，希望能借此找到点能充当食物、或至少可以帮助我们找到食物的东西。整个早晨的大部分时间我们就这样忙碌着，但最终还是一无所获，只捞上来了几条床单，因为它们很容易就会被钉子勾住。我们的工具十分笨拙，不能期望还可以捞起些什么别的东西来。

随后我们又试着在前舱里捞，却仍旧徒劳无功。大家都深感绝望，这时彼得斯提议我们在他身上绑一根绳子，让他潜进舱里，看看能不能搞到点什么。听他这么一说，我们又生出了希望，高兴得欢呼起来。彼得斯立马开始行动，将全身的衣服脱得只剩裤子，在腰间小心地绑上一根牢固的绳索，还在肩膀上也套了一圈，这样就也不会松脱了。潜下水既困难又危险，因为刚才我们已经在客舱里捞了很久，什么也没捞到，因此这次潜下水的人就必须在水下向右拐个弯，沿着第二条狭窄的通道前行十到十二英尺进入储藏室，然后再回来，整个过程中是没办法呼吸的。

一切准备就绪之后，彼得斯顺着升降梯下到舱里，直到水淹到他的下巴，然后一头扎下去，向右一转，朝着储藏室摸去。但是他的第一次尝试以彻底失败告终。他下去之后不到半分钟，我们就感觉到绳子传来一阵剧烈的抖动（这是我们事先约定好的、传达他想被拉上来的意愿的信号）。我们赶紧将他拉了上来，但是一不小心，他重重地撞上了扶梯。他并没有找到任何东西，在水下时，他不得不时时刻刻努力使自己不被水的浮力顶到甲板下部去，因而在通道里并没有前进多少。浮出水面之后，他显得筋疲力尽，不得不休息十五分钟后才能进行第二次尝试。

第二次尝试的结果更加糟糕。他在水下待了很长时间都没有发出信号，我们担心他出事，便不等绳子抖动就将他拉了上来，发现他已经奄奄一息了，后来他告诉我们，他拉了好几次绳子，可是我们都没有感觉到，这或许是因为绳子的一部分缠在了升降梯下端的栏杆上。这栏杆的确很碍事，我们决定尽量先将它拆掉，然后再继续打捞。可我们除了双手之外再也没有其他的工具了，于是大伙就一起顺着梯子尽可能远地下到水里，一起用力拼命拽着栏杆，将它给拉了下来。

第三次尝试和前两次一样，仍旧徒劳无功。很显然，这样下去是不会有结果的，除非能找到一个重物帮助潜水者保持身体平衡，使他得以将脚踏在舱内的地板上进行搜寻。我们四下找了很久，结果都一无所获，但最终，让我们感到万分高兴的是，我们发现了一根已经十分松动的铁链，没费什么力气就将它拧了下来。我们把它绑在彼得斯的一只脚踝上，然后彼得斯便第四次下水，这一次他成功地摸到了储藏室舱门前。然而让他觉得万分沮丧的是，舱门是锁着的，尽管做了最大的努力，他在水下待的时间也无法超过一分钟，于是只好退了回来。这下，看起来我们已经真的陷入绝境了，一想到我们所遭遇的诸多困难，想到我们最终逃过劫难的可能性有多么渺茫，奥古斯特和我都忍不住泪流满面。不过，我们并没有一直这样软弱下去。我俩跪下来，恳求上帝在此危难时刻对我们伸出援手，等到起身时心里便重新充盈着希望和力量，开始思考应当采取何种行动来拯救自己。

第十章

此后不久发生了一件事情，每当我回想起来，情绪上都无可避免地会大起大落一番。该起事件中充满了最令人震惊、在多数情况下让人难以想象的细节，它所唤起的先是极度的欢乐，继而又是极度的恐惧，盖过了之后长达九年时间里我所经历的一切遭遇。当时我们正躺在升降梯边的甲板上，讨论着进入储藏室的可能性，就在这时，我看了一眼和我面对面躺着的奥古斯特，发现他脸色变得像死人一样惨白，嘴唇直哆嗦，样子说不出的怪异。我立刻便开始警觉起来，问他是怎么了，他没有回答，我便想着他是不是得了什么急病；我看着他的眼睛，发现他两眼明显在盯着我身后的什么东西。我扭头一看，发现一两英里之外有一条大帆船正朝我们驶来，一阵狂喜立刻涌进我了身体的每一个细胞，那种体验我永远都无法忘记。

我像被火枪子弹射中一样跳了起来，朝着那条船张开双臂，以这样的姿势一动不动地站在那儿，一个字都说不出来。彼得斯和帕克也同样欣喜若狂，他们表达喜悦之情的方式有些不同，前者像个疯子似的在甲板上手舞足蹈，一会儿号啕大哭，一会儿诅咒谩骂；后者则泪流满面，像个孩子一样哭了好几分钟。

眼前的这条船是一条大型的荷兰造双桅帆船，船身被漆成黑色，船头立着一个俗气的包金人头像，帆船有着明显经历过不少风吹雨打的痕迹，我们猜测它也在给我们造成了诸多灾难的那场风暴中吃了不少苦头。它的前桅上帆已经了无踪迹，右侧的舷墙也被撕掉了一大块。刚才已经提到，我们刚一看见它时，它正在距离我们上风两海里远处，正朝我们开来。此时的海风很温和，让我们感到惊讶的主要是，帆船上除了前桅下帆、主桅主帆和一块船艏三角帆之外，其他的帆都没有支起来。船行驶得非常缓慢，我们很不耐烦，几乎就要发火了。此外，该船行驶的方式也十分笨拙，尽管我们见到它觉得万分激动，但还是注意到了这一点。那条船偏航偏得很厉害，有一两次我们都以为是船上的人看不见我们、或者看见了我们的船但以为上面没人便准备转向航行的缘故。于是，每当那条船似乎要掉转船头离开时，我们就使出吃奶的劲大声向它呼叫着，一会儿它似乎又改变了主意，再次转舵向我们驶来。帆船那奇怪的行为重复了两三次，我们认为，除了舵手喝醉酒了之外，没有其他理由可以解释这一现象了。直到船行驶到距离我们还有四分之一英里的地方时，我们才看见甲板上有人。我们看见了三个水手，从衣着来看应该是荷兰人。其中两个靠在舱旁边的旧帆上，第三个人则倚在斜桅附近的右舷船艏上，似乎正在好奇地打量着我们。他健壮高大，皮肤黝黑，向我们点着头，那模样虽然有点古怪但显得轻快开心，还不停地笑着，露出了一排闪闪发亮的白色牙齿，这幅神情似乎是在鼓励我们，让我们别着急。帆船又驶近了点后，我们看见他戴着的那顶红色法兰绒帽子掉到海里去了，可他根本就没在意这个，还是继续向我们奇怪地微笑以及做着手势。我向读者们详细地讲述这些情况，请别忘记了，我所讲述的是当时我们亲眼目睹的一切。

帆船慢慢地靠近了，现在比刚才平稳多了，我们——我无法平静地讲述这件事——我们的心剧烈地跳动着，看着近在眼前的船只，想到即将完全、出乎意料、幸福地获救，我们倾尽全力热切地呼喊着，对上帝表示我们的感激之情。突然之间，就在这一瞬，隔着海面从那条奇怪的船（这时已经近在咫尺了）上飘来了一阵气味，一阵恶臭，一阵全世界都找不到合适的词去形容以及命名的恶臭——如同地狱里冒出的一般——让人窒息——无法忍受，也无法想象。我大口喘着气，回头看着同伴们，发现他们的脸色比大理石还要苍白。但这会我们没有时间去怀疑猜测——船离我们只有不到五十英尺了，似乎准备要靠上我们的艉突，这样我们不必放下小艇就可以爬上那条船了。我们一起冲向船尾，突然，那条船猛地一侧，偏离了刚才的航道五六度之多，当它在距我们的船尾约二十英尺处经过时，我们完全看清了它的甲板上的境况。我怎么可能忘记那可怕的一幕？从艉突到前部厨房之间的甲板上，散乱地躺着二十五到三十具尸体，其中还有些女尸，尸体已经腐烂，景况无与伦比地令人恶心。我们很容易的便意识到，这条不幸的船上已经没有任何一个活着的生灵！但是我们依然忍不住向那些死人求救！没错，我们痛苦地长时间高声地喊着哀求着，求这些一言不发令人作呕的尸体停船，求他们别扔下我们以至于我们最终变成他们那幅模样，求他们接纳我们同他们做伴！我们恐惧而又绝望地胡言乱语着——因极度失望而痛苦得完全疯狂了。

我们刚发出第一阵恐惧的喊声，就听到有什么东西在做出回应，声音是从那条船的船艏斜桅处传来的，与人尖叫时发出的声音极为相似，听觉最敏锐的人可能也会感到吃惊从而信以为真。此时，那船再一次侧倾，我们因此短暂地看见了它的前楼部分，看清了声音的来源。我们看见那壮汉仍旧倚靠在舷墙上，头也依然在一摆一摆的，但他的脸转了过去，因此我们没办法看清。他张开双臂开扶在栏杆上，手掌垂在栏杆外，双膝上捆着一根粗大的绳索，绳子绷得很紧，一头绑在斜桅底部，另一头拴在一个锚架上。他背上有一部分衬衫被撕开，露出了脊背，那里蹲着一只巨大的海鸥，它的尖嘴利爪全都埋在那具尸体里，羽毛上沾满了血迹，正忙着撕咬那可怖的肉体。这时，帆船又向这边偏了偏，离我们的视线更近了，那只大鸟似乎很艰难地将它那血红的脑袋抽了出来，精神恍惚地看了我们一会儿，便懒洋洋地从它正在大快朵颐的尸身上飞起来，直接飞到我们的甲板上方，嘴里叼着一块带血块、类似于肝脏的东西盘旋着，最后还将这块恐怖的东西刚好丢在了帕克脚下。愿上帝原谅我，但当时，我的心里第一次闪过了一个念头，一个我不愿意说出口的念头，只感觉自己朝那块血肉模糊的东西走了一步。我一抬头刚好撞进奥古斯特的眼神里，发现他的眼睛里有一种激烈而热切的神情，这立马使我清醒过来，快速上前一步，颤抖着将这块恐怖的东西扔进了大海。

那具被海鸥啄食的尸体，虽然被固定在绳索上，却很容易就因食人肉的大鸟的叼啄而前后摆动，正是这样的摆动才让我们以为那是个活人。由于海鸥从尸体上飞了起来，尸体的重量减轻了，便向我们半转了过来，整个脸部全都暴露在我们眼前。我从来没有，从来没有见过这样让人感到恐怖的东西！两只眼珠不见了，嘴边的肌肉也全都没有，整排牙齿都露在外面。这就是刚才使我们充满了希望的那个笑容！这就是——我无法再说下去了。刚才已经讲过了，那条帆船驶过我们的船尾，缓慢地、稳稳地朝着下风方向驶去。我们所有获救的希望和欢乐，也随着它以及全体船员一起远离了。刚才它从我们船边驶过时，如果我们有意识地想办法，完全有可能登上船去，可是突如其来的失望，以及伴随失望而来的极度恐怖的发现，使我们的心智和体力完全丧失了功能。我们能够看见，能够感觉，但就是无法思考或行动，等大家回过神来的时候，老天，为时已晚了！当那条船已经远离我们，目力所及只能看到不到半个船影时，居然还有人认真地提出要游过去赶上它，这件事情对我们的智力影响到底有多大，从这里便可见一斑了！

自从这件事情发生以来，我一直都在徒劳地试图了解，刚才那条帆船究竟遭遇了什么样的无常命运。我刚才说过了，它的构造和总体外观使我们相信那是一条荷兰商船，上面水手的衣着也证实了这一推断。我们本来可以看清楚船尾上的名字，还可以观察到一些其他能指引我们进行判断的特征，但当时大家都太过激动，因此根本没能够注意到这些方面。从尚未完全腐烂的尸体所呈现出的枯黄色来看，我们觉得船上的那些人是染上了黄热病或其他类似的可怕疾病而死亡的。如果事实真的如此（我也不知道还能怎么想），从那些尸体的位置来看，死神一定是很突然很残酷地降临在他们头上的，其方式一定与人类所知最致命的瘟疫的流传特征大相径庭。此外，也存在以下的可能性，那就是可能他们的航海储备中不慎混进了某种毒药，从而导致了这场疾病的发生；或是吃了某类尚不为人知的有毒海鱼、海里的其他动物或海鸟，才经历了这场疾病——但当这将所有人都牵扯其中、并且永远牵扯其中时，仅凭推测便希望弄清楚这一可怕莫测的神秘现象是根本毫无用处的。

第十一章

在当天剩下的时间里，我们一直都处于呆愣状态，盯着那条越漂越远的船的方向，一直到沉沉的夜色遮蔽了视线之时，我们才略微恢复了一点神志。我们又重新感觉到了饥饿和干渴的痛苦，以至于无法进行其他的思考。然而，天亮之前我们什么都做不了，于是就尽量将自己绑好，小睡了一会儿。这方面我倒是做得比预期的要好，因为我一觉睡到了天亮，还是那些运气相较而言没那么好的同伴把我喊醒的。我们准备再次设法从船舱里弄些补给出来。

此时海面上是死一般的平静，我还从来没见过这么平静的大海——天气状况温暖宜人。那条帆船此刻早已不见了踪影。我们开始行动，先费力地从前锚链上拧下一环，将两条链子捆在彼得斯的腿上，然后他再次尝试着摸到储藏室的舱门口，觉得只要行动足够迅速，就有可能把门打开。由于船体此时比之前要平稳许多，因此他希望这次能够成功。

他顺利又迅速地来到了门边，从脚踝上退去一环铁链，奋力想用脚把门踢开，可是没有成功，因为门框比预想的要结实很多。在水下待了一段时间之后，他已经筋疲力尽，我们之中的某个人必须去顶替他继续开展行动。帕克立刻表示愿意前往，可他试了三次也都没有成功，他甚至都没有到门所在的位置。奥古斯特的手臂上受伤了，他即使下去也发挥不了什么作用，因为即便他能走到门边，也无法用力将门打开，因此，拯救大家的任务现在便要靠我努力去完成了。彼得斯刚才将一环铁链留在了通道里，我下水后发现少了一环铁链身体根本无法获得平衡，在水下站都站不稳。于是我决定第一次尝试仅仅以找回那环铁链为目标。我在通道地板上摸索着寻找铁链，摸到了一个硬邦邦的东西，我立刻抓住它，没有时间弄清楚这到底是什么便马上转身浮上了水面。上来之后我发现自己抓到的东西原来是一个瓶子，当我告诉大家这是满满一瓶葡萄酒时，众人的欢欣之情可想而知。我们感谢上帝为我们送来了这份雪中送炭、让人精神振作的帮助，随即便用我的小折刀拔出瓶塞，每人喝了一小口之后，立刻觉得温暖、力量和精神似乎回归本体了，大家都感受到了无以言表的舒畅。然后，我们小心翼翼地将瓶塞塞上，用一块手帕把它吊挂起来，以确保酒瓶绝对不会被撞碎。

在这一幸运的发现之后，我休息了一小会儿，又再次下到水里，找回了那环铁链后便立马浮了上来。我将链子牢牢地绑在腿上，第三次下到水里，这一次完全弄清楚了，在当时的情况下，无论我们怎样努力都不可能将储藏室的门打开。于是我便绝望地返回到甲板。

似乎已经没有希望了，而我也从同伴的眼神中看出他们已抱了必死的打算。那一口酒明显使他们产生了某种暂时性的精神错乱，而我也许是因为喝酒之后下了几次水因而并没有受到这种影响。他们说话语无伦次，老讲些与我们目前处境无关的事情。彼得斯不停地问我有关南塔克特的问题，而我记得，奥古斯特一脸严肃地走到我跟前，向我借随身带的小梳子，说他头发里全都是鱼鳞，想在上岸前把它们梳下来。帕克所受的影响似乎小一些，他催促我再潜到主舱去一次，随便捞到点什么都行。对此我同意了，第一次时在水下待了整整一分钟，捞上来了一只属于巴纳德船长的小皮箱。我们立即打开它，希望里面装着点可以吃或喝的东西。但是，除了一盒剃须刀和两件亚麻衬衫之外别无他物。我再次潜下水去，仍旧还是两手空空地上来。就在我的头露出水面的刹那，听见甲板上传来砰的一声响，爬上去之后发现原来是我的同伴不讲义气，趁我下水的时候偷偷喝掉了剩下的酒，为不让我发现，他们想赶紧把瓶子挂回原处，却不曾想掉在了甲板上。我狠狠地骂着他们，说他们没有良心，奥古斯特哭了起来。另外两个人试图对此事一笑了之，可我希望以后再也不要看到这样的笑容：他们扭曲的面孔实在太狰狞可怖了。很显然，由于长时间没有进食，因此酒精一刺激便立刻产生了剧烈作用，使这三人变得酩酊大醉。我费了好大的劲才让他们躺下，三个人很快就沉沉睡去，鼾声大作。

这时候，我发现似乎船上就剩下我孤零零的一个人了，满脑子里充斥着可怕阴郁的想法。我看不到任何出路，除了饿死，或者从最好的角度来说，干脆在再次遭遇风暴时被卷走，反正照我们目前筋疲力尽的状况，根本就不指望能全身而退地再经历一次强风。

这会儿，饥饿感在噬咬着我的胃部，让我觉得几乎再也无法忍受。我想只要能稍微减轻一点饥饿感，自己是什么事情都能做出来的吧。我用折刀从皮箱上切下了一小块皮，想将它吃下去。尽管我想象着哪怕只是把皮放嘴里嚼一会就吐掉，也能多少减轻一点自己的痛苦，却发现根本无法下咽，很小一块都不行。傍晚时，同伴们一个接一个地醒来了，每人都显得极端虚弱，面目狰狞，那境况难以用语言来形容。这都是酒精惹的祸，现在酒力已经消退。他们像得了寒战似的浑身抖着，用最为凄惨的声音喊着要水喝。他们的情况让我感到有些心惊，同时也给了我些许安慰：幸好当时的情形让我无法向他们一样借酒浇愁，因此得以幸免于经历他们那种忧郁痛苦的情绪。不过，他们的举止让我感到十分不安和警觉，因为很明显，除非出现什么对我们有利的变化，否则我在为共同的安全进行努力时就无法指望获得那几个人的帮助了。我还没有完全放弃从下舱里弄到点食物的想法，但这必须要等到同伴之中有人头脑足够清醒、能帮助我在潜下水去时拉住绳索才行。看上去帕克似乎比其他几个神志要稍微清醒点，于是我想尽一切办法喊醒了他。我觉得到让他在海水中浸一下或许有好处，于是便用一根绳子的一头捆住他的身体，将他带至升降梯边（整个过程他一直在听任我摆布），把他推下去，然后又立马将他拉上来。我完全有理由为自己做了这项试验而感到庆幸，因为帕克看上去似乎又活过来了，重新变得精力充沛。他一浮出水面便以一种十分清醒的态度质问我为什么要这样对待他。我向他解释了缘由之后，他对我表示了感谢之情，并说他在水里浸过后感觉好多了，随后便认真地谈起了我们当前的处境。我们决定用同样的方法来处理奥古斯特和彼得斯，当下便毫不迟疑地那么做了，他们两人也从突然被海水浸泡这一行为中获益不少。

这个方法是我从一本医学书上看来的，书上说，在治疗酒精中毒性躁狂症患者时，淋浴会产生较好的效果。

此时夜幕已然降临，从北面过来的一道轻柔但持久的浪涌使船体出现了一些颠簸。我觉得现在可以依靠信任这些同伴、让他们帮我拉住绳子了，于是便又往主舱位置潜了三四次水。几次潜水之后，我捞上来了两把带鞘的刀、一个能装三加仑水的空罐子以及一条毯子，然而没有一样是可以当食物吃的。捞到这些东西后，我继续一次次地潜下去，直到筋疲力尽，仍旧还是什么都没有捞上来。夜里，帕克和彼得斯轮流潜入水中搜寻，依然什么也没找到。我们绝望地放弃了这一计划，认为自己所做的一切都是徒劳，白白耗费了力气而已。

当天夜里剩下的时间，我们是在身心痛苦的状态下度过的，一般人是无法想象那种强烈的痛苦感。十六日的早晨终于还是来临了，我们急切地朝四周的地平线张望，希望能见到什么获救的可能，但还是什么都没看到。海面依然平静，只有像昨天一样的一道从北面涌来的浪涌。除了那瓶波特酒之外，我们已经六天没吃没喝了，很明显，如果再弄不到吃的，我们肯定支撑不了多久。我过去从没见过、今后也不希望再看见像彼得斯和奥古斯特这样极度憔悴得不成人形的样子，就他们目前的状况而言，如果我在岸上碰见他们的话，肯定会毫不犹豫地认为自己从未见过他们。两人的面貌完全变了样，我怎么也无法相信这就是几天前还同我在一起的那两个人。帕克尽管也消瘦了许多，面容憔悴，虚弱得脑袋低垂，头几乎抬不起来，但状况还没差到那两人的地步。他以巨大的耐性忍受着折磨，没有抱怨，还想尽各种方法来帮助我们重新唤起希望。至于我自己，尽管航行开始时身体状况并不好，体质也一向比较弱，但我却是几个人中遭罪最少的，没他们那么憔悴，而且令人惊奇的一直保持着正常的神志，而其他人的智力状况则十分糟糕，好似回到了第二个童年，他们说话时会像呆子一样傻傻地笑着，说的话也都是些荒诞不稽的陈词滥调。但是，时不时的，他们也会貌似突然恢复了正常，好像猛然意识到了自己的处境一般，每当这时他们便会凭着一股一时萌生的力量一跃而起，简短地谈论自己的前景，话语之间虽然充满了最极端的绝望，然而却不失理智。但是，也有可能我的同伴们对于自己的境况与我对自己的境况有着同样的认知，而我也可能在不知不觉中表现出了与他们类似的放纵和愚痴——对此很难下定论。

到了大概中午，帕克声称从左舷外看出去，远方有一片陆地，我费了好大的劲才拉住他，没让他跳进大海里，他原想游到那边去的。彼得斯和奥古斯特明显心情压抑、郁闷至极，根本没注意帕克说了些什么。我朝帕克所说的方向看去，并没有看到一丝海岸的迹象——事实上我很清楚，我们这会儿是远离任何一处陆地的，因此心中根本就不抱那种希望。不管怎样，我花了相当长的时间才使帕克相信他弄错了。于是他像个孩子似的大声痛哭起来，一边高声喊叫一边哭泣，足足闹腾了两三个小时，直到精疲力竭，沉沉睡去。

到了这个时刻，彼得斯和奥古斯特有好几次想要吞下小块的皮革，但都以无果告终。我建议他们先咀嚼一会儿后便吐掉，可他们的身体状况实在太过虚弱，根本无法按我说的那样去做。我隔一段时间就会咀嚼一块皮革，发现这么做能够使痛苦稍微减轻一点；我主要的痛苦来自于极度的干渴感，我几乎忍不住想去喝上一口海水，只是想到那些曾经和我们处境相同的人们可能因喝海水而导致了可怕的结局时，才终于忍住没喝。

时间就这样在痛苦中慢慢的流失，突然我看见东边有一条帆船，就位于我们船的左舷船艏。那条船看上去很大，距离我们大约十二到十五英里远，似乎正朝着我们驶来。同伴们都还没发现那条船，而我也决定暂时不告诉他们，以免一旦没有获得解救，大家会再次陷入失望至极的深渊。最后，船离我们越来越近了，我清楚地看见它正张着轻风帆径直向我们驶来。我再也无法控制自己，赶紧把它指给受难的同伴们看。他们立刻一跃而起，跳起来，再次表现出最为极端的狂喜神情，像傻子一样的哭着笑着，乱蹦乱跳着，在甲板上跺着脚，揪扯着自己的头发，一会儿祈祷一会儿咒骂。我深受他们这种行为的感染，同时也认为这次真的可以得救了，便忍不住和他们一起发起疯来，躺在甲板上打滚，鼓掌，呼喊，还做出了其他类似的举动，以此来表达自己的感激和狂喜。可是，突然之间，我发现那条船是船尾对着我们的，它正朝着一个方向驶去，那个方向与我刚开始看见它时的方向完全相反，我一下子便清醒过来，再一次陷入极度的痛苦和绝望之中。

我花了好长时间才使可怜的同伴们相信，我们的前景真的已经发生了可悲的变化。但是无论我怎么解释，他们只是直直地盯着我，所表现出来的姿态似乎是在说，他们绝对不会被我的错误说法给蒙蔽。奥古斯特的举止尤其让我感到难过。我绞尽脑汁、想尽一切办法想要告诉他我们再次与希望失之交臂了，但他总是坚持说那条帆船正在迅速朝着我们驶来，还准备随时登上它的甲板。这时有水草飘过我们的船边，他坚持说那就是帆船上派来的小艇，想要往下跳，还发出一种让人心碎的嚎叫声和尖叫声，我只好强死命地拉住他，不让他就这样跳进茫茫大海之中去。

待到大家的情绪稍微平定一点之后，我们便一直盯着那条船看，直到它完全驶离了我们的视线范围。天空中飘起了一层轻轻的薄雾，又吹来了一阵微微风。那条船刚一驶出视线，帕克便突然转身看着我，他脸上的神情让我不禁打了一个寒战。他神态里有一种我直到现在才注意到的庄重，他还没张开嘴，我心里就明白了他准备讲些什么。他用简短的话语建议说，我们之中得牺牲一个，以保证其他人能够活下去。

第十二章

在此之前，我也曾思考过我们被逼到这最后的极端可怕地步的可能性，并且已经暗暗下定决心，不管以什么形式或在什么情况下，我宁可去死也决不能走这条路。即使是在当前这种极度饥饿的状态下，我的这一决心也从未有过半分动摇。帕克的提议，彼得斯和奥古斯特都没有听见。于是我将帕克拉到一边，心里暗暗向上帝祈祷，希望赐予我力量来劝说他放弃这一可怕的念头。我花了很长的时间去努力劝说他，还以他奉为神圣的一切事物的名义来恳切至极地哀求他，用在目前这种极端的场合下我所能想到的各种论点去劝阻他，让他放弃这个念头，别向另外两位同伴提起。

他静静地听着我所说的，并没有表示出试图反驳的样子，于是我心中开始燃起了希望，觉得他有可能被我说服，会打消那一可怕的念头。可是等我话音刚落，他便回答说他知道我说的一切都是对的，还说这条路的确是人所能想出来的最可怕的一条路，但他现在已经到了人类的天性所能够支撑的极点，如果牺牲一个人就有可能，甚至是很有可能拯救其他人的生命的话，就没必要让大家都去死；他还说我最好省点力气，不要再劝他改变主意了，因为他早在那条船出现之前便已经下了决心，只不过刚才看见了船，所以没有更早一点将这个想法公之于众。

于是，我便又苦苦恳求他说，即使我无法劝说他放弃这个主意，那么请他不管怎样也至少要再等一天，因为或许那时就会有船来救我们了，我再次用上自己所能想象出来的一切论点，以为这样能够多多少少让他那冰冷粗糙的天性受到点感动。但是他却回答说，他也是熬到了最后关头才将这个想法说出来的，如果再没有可以吃的食物，他就一天都活不下去了，等一天再说出这个主意就太迟了，至少对于他而言是如此。

我发现自己用温和的语气是无法说动他了，便换了一种口气告诉他说，他必须得明白，我们几个人当中，我是遭受灾难打击最小的那一个，因此，我的身体状况和力量目前要比他强得多，彼得斯和奥古斯特也没法同我相比；总之，一旦我觉得有必要，就能够通过使用强的方式按自己的意愿行事，如果他胆敢将这样血腥的禽兽念头告诉其他两个同伴，我就会毫不犹豫地把他扔到海里去。听完这话他立马便掐住我的脖子，抽出一把刀向我的肚子刺来，结果没有刺中，因为他的身体实在太虚弱了，所以一连刺了几次都没成功。与此同时，我怒火中烧，将他一把推到船边，真想把他扔到海里去。可就在那时，彼得斯赶来将我们分开，问我们为什么会起冲突。我还没来得及阻拦，帕克便将他的想法全说出来了。

他的话语所产生的效果，比我想象中的更为可怕。奥古斯特和彼得斯两人似乎早已暗暗想过了这一令人毛骨悚然的念头，帕克只不过是带头说出了他们三人的心声罢了。奥古斯特和彼得斯立刻表示同意帕克的提议，还催促着赶紧开始行动。原来我还盘算着，那两个人之中至少会有一个心智还比较正常的，能够站在我这边，一起阻止这一令人恐惧的计划的实施，只要他们两人中有一人能帮我，我就不怕拦不住另外两人。可这一打算如今全落空了，我现在能够做的就是关心自己的安全。我知道，一场悲剧即将上演，如果我继续表示反对，他们很可能就会把这当成拒绝给予我公平待遇的借口。

于是我对他们说，我愿意接受这一提议，只是恳求他们暂缓一小时执行，看看包围着我们的雾气到时候会不会散开，那样或许我们又能看见刚才的那条船也说不定。我费了很大的劲才使他们同意我的这一提议。不出我所料（很快便刮来了一阵微风），不到一小时雾就散开了，但却没有看到任何船只的踪影，于是我们便准备抽签。

对于接下来那令人汗毛倒竖的情景，我真的极不愿意再去仔细想了。亲身经历了那一幕幕的可怕细节之后，后来再发生的任何事情都无法冲淡我的相关记忆，那场残酷的回忆使我在此后有生之年的每时每刻都倍感难受。在能够让读者明白的前提下，让我尽可能快地将这部分故事一笔带过吧。我们能够想到的只有抽草签这种方法，在这次可怕的抽签中，我们每个人都有一次求生的机会。为此我们从木板上弄下来一些小木片，大家一致决定由我做持签人。我退到了船体的一端，我可怜的同伴们则一言不发地退到另一端，转过身去，背朝我。在这桩极其可怕的事件中，我所忍受的最为痛苦的焦虑就是签条的排列。人对生存下去丧失欲望的场景也许并不多见，通常赖以生存下去的力量越虚弱，求生的欲望便越强烈。但得益于此刻周遭的安静，以及任务本身的十分确定又严峻性质（与风暴那动荡喧嚣的危险以及越来越糟糕的饥饿恐惧完全不同），我有机会去思考如何抓住渺茫的希望让自己逃过这一次最令人恐惧的死亡——这是一次为了最骇人听闻的目的而制造的死亡——可此时那曾支撑我振作的力量却一点一滴地如同羽毛一样在风中飘散而去，独剩我在最不幸最悲惨的恐惧中挣扎。最开始的时候，我甚至无法聚集起足够的力量去扳下木刺，再将它们拼起来，我的手指完全不听使唤，两只膝盖也猛烈地抖动着。我心里快速闪过无数个荒唐的念头，想要逃离这一场可怕的投机。我想过向他们下跪求饶，求他们别让我抽签，也想过向他们发起突然袭击，弄死其中的一个，从而使抽签变得没有必要——总之，我什么都想到了，就是不愿意继续我手头要做的事情。最终，就在我在这些愚蠢的念头上浪费了很长时间之后，帕克的声音把我从深思中唤醒，他催我快点，好让他们从可怕的焦虑中得到解脱。即便是这样，我还是无法将木签排列好，而是一心思索着如何巧施妙计，诱使难兄难弟中的一人抽到那根短签，因为大家一致同意，谁抽到四根木签中最短的那根，谁就得准备赴死，以便换得其他人的生存。如果有人想要谴责说这么做实在是太没有人性了，那么就请将他放到类似的情景下去试试吧。

最后，实在不能够再拖延时间了，我朝着前甲板走去，同伴们就在那里等我，此时我的心几乎快要从胸腔里跳出来了。我伸出握有签条的手，彼得斯立刻便抽了一根。他得救了——至少，他所抽中的那根不是最短的，这样一来，我得以逃生的机会就少了一个。我鼓起全部的勇气，把木签放到奥古斯特的面前。他也毫不犹豫地就抽了一支，他也得救了。现在，我是死是活就取决于剩下的两只签了。这时候，我对我的同伴，尤其是对帕克，产生了一种最强烈、最魔鬼般的仇恨。不过这种感觉并没有持续多久，我浑身颤抖，两眼紧闭，最终还是将剩下的两根木签举到了他的面前。他足足犹豫了五分钟才下决心抽走了其中的一根，而在那让人揪心的五分钟里，我一直都没敢睁开眼睛。两根木签中的一根很快就从我手中被抽走了。然后最终结果便出来了，可我却还不知道这结果对我是否有利。谁都没有讲话，我还是不敢仔细看看我手中的那支木签。最后，还是彼得斯拉住了我的手让我打开看看，我迫使自己抬眼瞧了瞧，立刻从帕克的脸色上看出我安全了，他就是抽中了最短的那根木签，要牺牲掉的那个。我大口大口地喘着气，然后一头栽倒在甲板上，不省人事了。

当我从昏迷中醒来的时候，正好目睹了悲剧的结尾，目睹了造成这场悲剧的主要人物的死亡过程。帕克没有做任何抵抗，他听任彼得斯用刀刺进了他的后背，随后立刻便倒地身亡。之后的那场可怕的餐宴我无法再多加描述。这样的事情也许会在人的想象中出现，但语言根本无法将那种现实的极端恐怖性描述出来。我想，仅仅说下面几句就已经足够了：我们喝了牺牲者的血，稍微减轻了干渴的痛楚，又一致同意割下死者的双手、双脚、脑袋和内脏，一起扔到海里，然后我们捣碎了剩下的躯体，在七月十七日、十八日、十九日、二十日那永世难忘的四天里，将它们全都吃完。

十九日那天，天上降下了一场雨，这场雨持续了大约十五到二十分钟的样子，我们用一张在强风过后从舱里捞上来的床单尽量积了点淡水。虽然淡水总量还不到半加仑，但它依然给我们带来了一丝希望和力量。到了二十一日，我们的生存必需品又只剩下最后一点点了。天气依然温暖舒适，时不时的还会飘来一阵薄雾和微风，风向通常主要是从北向西。二十二日，我们三人正挤坐在一起，阴郁地思索着自己可悲的境况，一个念头突然闪过我的脑海，让我看到了一丝明亮的希望。我想起来了，在砍断前桅杆的时候，被上风处的铁链绑着的彼得斯曾经递给我一把斧子，让我尽可能把它放到一个不会掉落下海的安全地方去，就在最后一排大浪席卷而来并使船灌满海水前几分钟，我拿着斧子到了前舱，把它放在靠左舷的一个铺位上。现在我想，如果拿回那把斧子，我们就有可能砍开卧舱顶部的甲板，那样一来便可以立刻弄到补给了。

我把这个想法和同伴们一说，他们立刻发出了一声虚弱的欢呼，大家毫不迟疑地动身向前舱走去。因为舱口太小，从这里潜下去的难度要远远大过于潜入主舱的难度，别忘了，主舱升降口的整体框架早就被海浪卷走不知所踪了，而前舱的升降口只有三英尺见方，而且没有丝毫损坏的痕迹。尽管存在困难，但我仍然在腰里像上次那样拴了根绳子，先伸出两只脚，果断地纵身往下一跳，很快便摸到了那个铺位，一下子就拿到了那柄斧头。大伙立刻发出了胜利和狂喜的欢呼，这般容易就拿到了斧子，我们认为这预示着自己终于能获救了。

重新燃起的希望使我们产生了新的能量，我们开始使出全身的力气砍着甲板，由于奥古斯特的胳膊受伤了，无法为我们提供任何帮助，因此我和彼得斯便轮流举着斧子砍甲板。由于我们实在太虚弱了，身体非得有东西支撑才能够站稳，因此每人只能连续工作一到两分钟那样。显然，要完成我们的任务——砍出一个足可以让我们自如自由进出储藏室的洞口——需要很长的时间。不过，这一困难并没有使我们感到泄气，我们趁着月色连夜奋战，终于在二十三日黎明时分完成了任务。

这一次，彼得斯自告奋勇地想要潜下水去。按先前的步骤做好各项准备工作之后，他便跳了下去，很快就捧着一个小罐子回来了。我们发现罐子里装满了醋汁橄榄，这让我们欢欣不已。大家贪婪地分享了这一美味，便让彼得斯再次潜下水去。这一次，收获大大超出了我们的预期，他很快就带回来了一大只火腿和一瓶马德拉葡萄酒。对于后者，我们吸取上一次过量饮用葡萄酒后几乎发生危险的教训，每人只小小地喝了一口。那只火腿因为在咸水里泡得太久，因而除了骨头周围的两三磅肉之外，大部分都无法食用了。我们将还能吃的那部分肉分着吃掉。彼得斯和奥古斯特实在无法控制自己的馋劲，三口两口便将自己的那份吞了下去，而我则比较谨慎，因为担心吃太多咸肉后会陷入口渴难耐的困境，所以只吃了很小的一部分。之后，我们便休息了一会，刚才的工作实在令人感到精疲力竭。

到了中午时分，我们觉得疲劳感稍稍有所缓和，精神也恢复了一些，便重新开始下水捞补给。彼得斯和我轮流下水，每次我们上来时总会多少有些收获，就这样，我们一直忙乎到太阳下山。在这段时间里，我们十分幸运，一共又捞上来四小罐醋汁橄榄，另一只火腿，一个外面罩着藤套、里面满满装着三加仑上好马德拉葡萄酒的大瓶子，更让我们开心的是，还找到了一只个头较小的加里帕戈龟，格兰帕斯号离开港口时，巴纳德船长自刚从太平洋捕猎海豹归来的“玛丽·皮兹”号双桅帆船上弄来了几只这种乌龟带到了船上，我们找到的便是其中的一只。

在此后的叙述中，我将时不时的会提到这种龟。大多数读者也许都知道，加里帕戈龟主要见于被称之为加里帕戈的一座群岛上，事实上那座岛就是因这种龟而得名的——在西班牙语里，加里帕戈的意思是一种淡水龟类。加里帕戈乌龟的形状和行为都很奇特，因此有时也被称为象龟。人们经常会发现体形巨大的加里帕戈龟。虽然我记不清那些航海归来的人是否说起过有些加里帕戈龟的重量超过了八百磅，但我本人却亲眼见过好几只体重达到一千两百至一千五百磅的。它们的相貌很奇特，甚至几乎可以说是丑陋。它们的行动缓慢，行动谨慎且沉重，身体被撑离地面约有一英尺高。它们的脖子很长，特别纤细，通常在十八英寸到两英尺之间，但我曾经打死过一只，它的肩部到脑袋顶端之间足足有三英尺十英寸。加里帕戈龟头部的形状与蟒蛇十分相似，它们在不吃不喝的情况下能够存活的时间之久让人难以置信，曾有过这样的例子，将加里帕戈龟扔进一条船的底舱，不给它任何吃的东西，两年之后一看，它们的身体肥胖依旧，各方面的情况都与刚刚放进底舱时一模一样。在这方面，这种特别的动物与单峰骆驼或其他的沙漠骆驼十分相似。在它们颈部下端长着一个肉袋，里面总是装满了水。有时候，在长达一年的时间里不给任何食物吃的情况下将它们剖杀后，可以看见那个袋子里面竟然还能够倒出多达三加仑十分甘甜的淡水来。加里帕戈龟的食物主要是野生欧芹和西芹、马齿苋、海藻和仙人掌果，最后这一种东西对于它们而言特别有营养，而只要发现有这种动物的海岸，其附近的山坡上通常就会长着大片的仙人掌果。这种乌龟的肉味道特别好且又极富营养价值，毫无疑问，它们一直是数以千计在太平洋从事捕鲸或其他活动的水手们得以维持生命的主要给养。

我们很幸运地从储藏室捞上来的那只加里帕戈龟体形并不太大，重量大约在六十五至七十磅之间。那是只雌龟，各方面状态完全正常，看上去十分壮实，颈部肉袋里装着一夸脱多清纯甘甜的淡水。这的确是一件宝物，我们三人一起跪下，非常虔诚地感谢上帝为我们送来的救助。

这只龟力气出奇的大，它还不断地拼命挣扎，以至于我们费了好大的劲才把它弄上舱口。整个过程中它差一点就要从彼得斯的手上挣脱，重新溜回水下去，幸好奥古斯特用一根打了活结的绳索套住了它的脖子，把它紧紧拉住，我则跳下水去站在彼得斯旁边，协助他一起把海龟抬了上去。

我们小心翼翼地把这只龟颈袋里的水抽到了那只之前从水底下打捞上来的罐子里。灌完水后，我们敲掉一只酒瓶的瓶颈，却没有拔掉塞子，这样一来就可以把它当做杯子使用了，这个简易的杯子大约可以盛不到八分之一品脱的液体。然后我们每人满满喝了一杯，并且决定以后就这样每人每天限量一杯，直到淡水喝完。

在过去的两三天里，天气干爽宜人，从底舱里捞上来的床单和衣服已经被晒得干透了，于是，在我们饱餐了一顿醋汁橄榄和火腿、饮下了少许葡萄酒的那天（二十三号）夜里，大家相对而言都能够较为舒适地入睡了，享受着难得的安详睡眠。为防止夜里突然刮风，将我们的食物储备卷下海去，我们便用绞盘上的绳子尽量把所有东西绑紧。至于那只海龟，我们想让它尽可能地活得时间长一点，便将它四脚朝天地翻转过来，小心地绑牢。

第十三章

7 月 24 日。这天上午，我们神奇地恢复了精神和体力。可是不管怎么说，我们都尚未脱离险境，尚不知身在何方，而且明显离陆地非常遥远，船上的补给无论怎么省吃俭用，最多也只能维持两个星期，并且几乎已经没有淡水了，破破烂烂的船在海上随意漂流着，面对风吹浪打毫无办法，只能够听之任之。我们虽然刚刚在上帝的眷顾下逃过了苦难和危险，但前方还会有更多更可怕、无法预知的苦难和危险。这样想的时候，我们便觉得现在正在忍受的一切不过是寻常的苦难——严格来讲，既不算好，但也不能说糟糕至极。

日出时分，我们正打算再次下水潜到储藏室去捞点东西上来，突然天上降下一场阵雨，还伴随着闪电，我们便将注意力转移到了设法用此前曾用于接雨水的那张床单去储备淡水。要想储备雨水，我们别无他法，只能先将床单展开，然后往床单中央放一环前锚链，将雨水引到那里。聚集起来的雨水会渗透过床单流进放置于下方的水罐中去。就在我们差不多要接满一罐雨水的时候，突然从北面刮来了一阵暴风，船体在风中猛烈颠簸起来，我们站都站不稳，不得不停下储备饮用水的工作跑到船的前部去，像之前那样将自己紧紧地绑在残留的绞盘上。我们心情平静地经历着这场风暴，换做以前，面对这种情况，我们是绝对不会有这种平静的心态的。到了中午时分，风力越来越强了，通常航行时遇到这种等级的风，船只应该收起一半的帆。入夜之后，这场风已经变成了强风，同时海水也汹涌澎湃得十分厉害。不过，我们已经从之前的经历中汲取了经验，知道如何把自己绑牢，所以尽管身体几乎时时刻刻都会接受海水彻头彻尾的冲刷，令人不由得担心会不会被冲下海去，但这可怕的一晚过得相对而言还算安全。幸运的是，天气很暖和，因此被海水冲刷并不是一件让人难以忍受的事。

7 月 25 日。今天早晨，强风减弱成了一股和风，海浪也不再那么汹涌了，我们在甲板上待着也不再浑身湿漉漉的了。然而令人家悲痛万分的是，尽管我们万分小心地把食物捆绑好了，但还是有两罐醋汁橄榄以及那一整条火腿被冲到海去了。我们决定暂时不杀那只海龟，每人只吃了一点醋汁橄榄、喝了一份水当做早餐，我们往水里掺了等量的葡萄酒，喝下去之后感觉十分舒畅，力气也因此而恢复了一些，上次因喝了葡萄酒所出现的那种痛苦的酒精中毒现象这次并没有发生。海面上的状况仍旧不容乐观，以至于我们无法再次下到储藏室去打捞新的补给。当天白天，升降口那里浮上来了几件没什么用处的东西，一露面立刻就被海水冲走了。我们还注意到，这会船体侧倾得很厉害，我们如果不将自己绑牢，根本就无法站稳。就这样，我们度过了阴郁且难受的一天。正午时，太阳似乎就在我们头顶，因而我们坚信，船被一连串的北风和西北风吹到了赤道附近。傍晚时分，我们看见了几条鲨鱼，其中体积很庞大的一条还胆大包天地朝我们猛冲过来，使大家大吃一惊。有一次，海浪使船身猛然倾斜，甲板深深地沉到了水下，这头魔鬼竟然趁此机会朝我们游了过来，在升降口处挣扎了几下，尾巴还狠狠地砸到了彼得斯身上。幸亏一排大浪袭来，将它卷回了海里，这使得我们都松了口气。如果不是风浪太大的话，我们也许就能在不怎么费力的情况下逮住它了。

7 月 26 日。今天早晨，风势已经大大减弱，海面开始趋向于平静，我们决定再次去卧舱看看。我们整整忙乎了一天，累得精疲力竭，却发现不能再指望从这块地方找到什么东西了，舱室的隔板在昨天夜里被毁坏掉了，舱里的东西全都被冲到底舱去了。毫无疑问，这一发现使我们充满了绝望感。

7 月 27 日。今天海面几乎已经完全平静了下来，只有一阵轻风在吹拂，风还是从北方和西方吹来的。下午的时候，太阳出来了，阳光十分炽热，我们都忙着晾晒衣服。我们还跳到海里去洗澡，这样做可以让我们减轻干渴的感觉，还让我们觉得舒服了许多，不过，白天我们看见过几条鲨鱼一直在船边游动，这令我们感到十分害怕，因此大家都十分谨慎。

7 月 28 日。今天天气仍旧不错。帆船现在开始出现了严重的侧倾现象，我们都担心它最终会翻掉、底朝天地漂在海上。我们尽可能地为这种也许会出现的险情做好准备，把海龟、水罐和剩下的两罐醋汁橄榄紧紧地绑在上风面，放置于船体外侧的主锚链下方。当天海面上一整天都十分平静，几乎没有风。

7 月 29 日。今天天气状况没有发生什么显著的变化。奥古斯特受伤的胳膊开始出现组织坏死的迹象。他老是说感觉到困倦和极度口渴，但并没有感到剧痛。除了从醋汁橄榄罐里倒出来一点醋帮他擦擦胳膊之外，我们并没有其他的办法。而即使这样做了，也看不出有丝毫好转的迹象。我们尽一切可能帮助他减轻痛苦，还分给了他三倍的淡水份额。

7 月 30 日。今天是非常炎热的一天，并且还没有风。整个上午，一条巨大的鲨鱼一直紧紧跟随在我们船的附近。我们试图用套索去抓住它，但没能成功。奥古斯特病情进一步恶化，有伤在身又缺乏营养，身体状况显然是无法好转了。他不停地祈祷，恳求上帝让他得到解脱，声称自己只求一死。今晚，我们吃完了最后一点醋汁橄榄，还发现水罐里的水已经变臭，不掺些酒进去就无法下咽了。我们决定明天一早就把那只海龟给杀了。

7 月 31 日。由于帆船出现了严重的侧倾，因此头天晚上我们感觉极度焦虑疲乏，今天醒来之后便动手杀掉了那只海龟。尽管它各方面体征状态良好，但比我们想象的要小很多，它身上剐下来的所有肉加起来还不超过十磅。我们打算将这些肉的一部分尽可能久地保存起来，于是便把它切成小块，然后塞进三只空的醋汁橄榄罐和那只酒瓶里（所有的瓶瓶罐罐我们都没有扔掉），然后再把醋汁橄榄中的醋倒进去。就这样，我们储存了大约三磅的龟肉，准备把没有经过防腐处理的肉吃完之后才再去碰它。我们决定将每天的龟肉消耗量限制在大约四盎司，这样这些食物便可以维持十三天的时间。到了黄昏时分，一场雨袭来，伴随而来的还有雷鸣和闪电，但这场雨持续的时间太短，我们只接到了半品脱的雨水。大家一致同意把这点水全部给了奥古斯特，他看起来已经处于生命弥留的状态了。他需要凑到我们用来接水的床单边才能喝到水（由于他躺着，因此我们将床单举到他的脸部上方，然后直接将水倒进他的嘴里），因为我们没有其他可以盛水的容器，除非把大玻璃瓶里的酒倒掉，或者把罐子里发臭的水倒掉，而如果这阵雨能够下久一点的话，我们肯定会选择这两种办法中的一种来储备新鲜的淡水。

被病魔缠身的奥古斯特喝了水之后似乎并没有好转的迹象。他的胳膊从手腕到肩膀已经完全变黑，两只脚像冰一样冷。我们觉得他随时都有可能会咽气。他形容可怕的消瘦憔悴，离开南塔克特时他的体重有一百二十七磅重，但到此时他的体重最多不过四十到五十磅。他两眼深深陷入面部里，几乎都快要看不见了，双颊的皮肤松松垮垮的，以至于咀嚼任何食物、甚至是喝水的时候都感觉十分困难。

8 月 1 日。今天仍旧无风无浪，火辣辣的阳光令人感到十分不舒服。我们都觉得极为口渴，罐子里的水已经完全腐臭了，里面还飘满了虫子。尽管如此，我们还是往里面掺了些酒，尽量喝下去几口，但这对于干渴状况几乎没起什么缓解作用。在海里洗澡反而使我们多少感觉更舒服一些，但由于周围不断有鲨鱼出没，因此只能隔很长的一段时间才下去洗一次。我们清楚地知道，奥古斯特已经没救了，他正在死亡的边缘徘徊。我们无法为他稍稍减轻一点痛苦，这种痛苦看上去程度非常惨烈。大约十二点钟那样，他的身体出现了一阵剧烈的抽搐，然后便断气了，死之前的几个小时里，他没有说过任何只言片语。奥古斯特的死使我们产生了一种最为阴郁的预感，我们的精神因此受到了很大的刺激，当天剩下的时间里，彼得斯和我就在尸体边一动不动地坐着。直到天黑之后，我们才鼓起勇气把尸体扔进海里。那具尸体的状况让人作呕，其惨状简直无法用语言来形容。它已经极度腐烂了，当彼得斯试图把它抬起来时，他抓着的那条腿竟然整个脱落了下来。这一团腐肉从船边掉落进海水里时，它周围立刻泛起了磷光，借此我们看清了周围有七八条大鲨鱼，它们那可怕的牙齿相互碰撞发出很大的声响，开始一起撕扯着它们的猎物，那声音一英里外都能听见。而我们听着这声音则陷入了极度的恐惧之中，害怕得缩成一团。

8 月 2 日。今天天气还是没什么变化，同样是可怕的平静和酷热。破晓时分，我们的精神处于一种十分沮丧的状态，体力也快要消耗殆尽了。罐子里的水现在已经完全不能喝了，变成了厚厚的胶状，黏液中爬满了面目可憎的虫子。我们倒掉了罐子里的东西，用海水好好清洗了一番，然后从腌海龟肉的容器里倒了点醋再冲洗一遍。这时我们觉得口渴难耐，徒劳地想用酒来解渴，结果却是火上浇油，变得更加口干舌燥。然后我们试着将海水与酒掺杂起来喝，但一尝之后，立刻让人感到极度恶心，因此之后再也没这样尝试过。当天白天，我们焦急地等待想要下海洗澡，但一直没有等到这种机会，因为帆船周围此时已经游满了鲨鱼——毫无疑问，这群魔鬼前一晚饱餐了我们那位可怜同伴的尸体之后，随时都期盼着能再来一顿美味。这一情况让我们叫苦不迭，使我们产生了极度沮丧和阴郁的预感。我们曾经从下海洗澡中感受过难以描述的轻松，可是现在却因周遭可怕的情况而无法再次享受这种轻松，这让我们感到难以忍受。此外，我们还必须时刻担心会遇上危险，鲨鱼们不停地顺风向我们的船冲过来，我们只要稍有不慎，一失足或一跌倒都会掉进凶恶的鲨鱼群中。无论我们怎样喊叫或是恐吓，对它们似乎都不起作用。其中有一条很大的鲨鱼，即使在被彼得斯的斧子砍中，受伤了的情况下，还是毫不退缩地跟着船漂流。黄昏时分，天上涌来一团乌云，但是没有降下雨点就飘走了，这让我们感到极其痛苦。我们在此时所忍受的干渴煎熬，真的是常人很难以想象的。由于既要受干渴折磨，又担心来自于鲨鱼的袭击，因此我们度过了一个不眠之夜。

8 月 3 日。今天没有出现任何可能获救的迹象，帆船倒是侧倾得越来越厉害了，以至于我们根本无法站立在甲板上。我们忙活了半天，将酒瓶和海龟肉仔细地绑好，万一翻船的话也好避免弄丢。我们从前锚链上取下两根粗壮的长大钉，用斧子将它们钉进迎风那面的船体上距离水面约两英尺的位置，这里离龙骨不远，而我们的横梁已经几乎垂直于水面。我们把自己绑在这两根长钉上，这样比起之前绑在锚链下要安全一些。一整天我们都觉得渴得受不了——由于担心一直在周围跟着的鲨鱼，故而也没有下海洗澡。当天晚间根本无法入睡。

8 月 4 日。天快要亮的时候，我们感觉到船体正在翻转，于是猛然惊醒开始准备，以防被船的翻转之势掀下海去。最开始，船是一点一点侧翻的，于是之前我们便采取了预警措施，把绳索挂在了为此目的而钉进去的长钉上，因此得以安全地爬到了向风的一侧。但是我们没有算准翻转的动力加速，这会儿才发现船尾翻转的速度惊人，我们根本没有时间采取任何措施，在弄明白到底是怎么回事之前，就发现自己已经被抛进了大海，不得不在水下几英尺寻处挣扎着，巨大的船体就在我们的头顶上方。

掉下水去的时候，我不得不松开抓住绳子的手，然后发现自己已经完全没在水下，全身的力气几乎都被抽光了，我基本放弃了求生的努力，准备好了生命随时可能在几秒钟内消亡。但是我想错了，没有考虑到船体会存在朝向风处自然反弹的可能。船体部分翻转回去时产生了水旋，将我举出了水面，这股力量比起刚才将我掀下海去时的水力还要大。露出水面之后，我发现自己距离船大约有二十码远，至少我估计是这么回事。船的龙骨朝上，正剧烈地左右摇晃着，四周的海水也汹涌澎湃，形成一个个急速的旋涡。我没有看见彼得斯。离我几英尺远的海面上漂着一只油桶，从船上掉进海里的各种东西四散漂浮着。

这时我最担心的是出现鲨鱼，因为我知道它们就在附近。为了尽量阻止它们向我这里游过来，我一边向船体游去，一边使劲用双手双脚拍打着水面，制造了大团大团的泡沫。我百分之百确定，正是因为这一看似简单的方式我才得以保住性命，因为在翻船之前，四周已经满是可怕的鲨鱼，如果现在我想游回船上去，一定会——事实上也确实——撞上了其中的几条。还好，我凭着惊人的好运气安全地游回了船边，但是刚才那一阵猛烈的动作已经使我疲惫不堪，要不是彼得斯及时赶来相助（他是从船的另一侧被掀上龙骨的），我恐怕连船都爬不上去。彼得斯的出现使我感到非常高兴，他将一根绳子的一端扔给了我——就是我们拴在长钉上的那几根绳子中的一根。

我们惊险万分地逃离了险境，现在注意力全部集中到立刻便要面对的下一个可怕处境，那便是食物的绝对缺乏。尽管之前我们已经将最后的一点食物尽可能仔细地捆绑好了，但它们还是被冲进了茫茫大海之中。我们意识到根本不存在任何弄到食物的可能性了，于是都陷入了绝望，像孩子般地放声大哭起来，谁也无力去安慰对方。很难相信人会变得如此软弱，对于那些从未经历过这类场景的人而言，这无疑是不正常的，但是请不要忘记，我们已经长时间地处于各种苦难和恐惧的包围之中，神志早已混乱了，因此在现阶段，不能将我们当做是正常、理智的人来看待。在随后而来的那些如果不能说是更严重、那么至少也是同样极端的危险之中，我都顽强地挺了过来，而读者们也将看到，彼得斯也是凭着一种斯多葛学派哲学式的毅力挺过了后面的那些危难，彼时他所表现出来的坚忍同现在孩子般的软弱和痴愚一样让人觉得不可思议——这是不同的精神状态所造成的差异。

由于船翻了，因此我们损失酒和海龟，但这些损失并不能使我们的处境变得比之前悲惨很多，最为不幸的不是损失了食物，而是丢掉了那张我们一直用来积雨水的床单和盛雨水的罐子，之所以这么说是因为我们发现，船的整个底部从距离腰板两三英尺的地方到龙骨处，以及龙骨本身，都蒙着厚厚的一层体形硕大的藤壶，这是一种十分可口的食物，而且极富营养价值。因此，从两个重要的角度来看，让我们担惊受怕的翻船事件现在反而成了一件好事。一方面，它让我们发现了充足的补给来源，在适度消耗的情况下，这些藤壶绝对可以维持一个月；另一方面，翻转的船只为我们提供了比先前更令人觉得舒适放松的位置，所面临的危险也减小了很多。

然而，我们为没有水喝这一问题而倍感犯愁，因此根本没有注意到现在所处的位置能够带给我们的好处。为了能好好利用任何老天可能降下的雨水，我们脱下了衬衣，准备把它们像之前利用那张床单那样利用起来——我们当然不指望能够储备到很多淡水，即便是在最顺利的情况下，一次最多也只能弄到四分之一品脱的水。当天白天，天空中连一片云彩都没有，干渴的痛苦让人几乎难以忍受。晚上，彼得斯睡了大约一个小时，还睡得很不踏实，而强烈的痛苦感则使我连眼皮都没合一下。

8 月 5 日。今天海上刮起了一阵微风，将我们的船吹过很大一片海藻水面，我们幸运地在那里抓到了十一只小螃蟹，让我们美美地吃了几顿。这些小螃蟹的壳很软，我们把它整个吃了下去，发现这种食物比藤壶好，因为它不像藤壶那样带给我们干渴感和刺激感。由于在海藻中我们没发现鲨鱼的踪迹，于是便壮着胆子跳下海去泡泡澡，我们在水里泡了四五个小时，在那期间彼得斯和我都觉得干渴感减轻了不少。我们的精力也大大恢复，因而晚上也觉得比前几天好过多了，至少两人都入睡了一小会。

8 月 6 日。今天我们有幸遇到了一场雨，雨从中午一直下到天黑。这会儿我们更加为损失了罐子和大玻璃瓶而感到痛苦万分，因为尽管我们用以接水的工具并不见得有多好，但如果那些容器没丢的话，雨水即便灌不满两个容器也至少能灌满一个。可现在，我们只能让衬衫吸满雨水，然后拧绞着使其流出水来，让那令人愉快的液体流进我们嘴里，以这种方法来缓解极度的干渴状况。我们就这样一直忙乎着送走了这一天。

8 月 7 日。今天天刚刚亮起的时候，彼得斯和我同时看见东面有一条帆船，而且显然正朝着我们驶来！眼前的一幕让我们心生狂喜，情不自禁地开始长时间的大声欢呼起来，但欢呼声并不大，因为我们都很虚弱。尽管那条船现在距离我们至少还有十五英里远，但我们还是立刻开始打起我们所知的一切信号，高举着衬衫拼命地挥舞，在虚弱的身体状况允许的情况下尽量不断地高高跳起，甚至还鼓起全部的力气高声呼喊着。那船继续向我们这边驶来，我们认为，只要它不改变现在的航向，就肯定能够驶到足够近的地方，然后发现我们。在我们发现那条船约一小时后，它终于驶到了我们这边，现在我们可以清楚地看见甲板上站着的人了。那是一艘狭长较矮、看上去很轻快的帆船，它的上帆上印有一种黑色球状图案，并且显然配全了水手。这下我们感到有些紧张了，因为我们不相信船上的人没有看见我们，很担心他们会丢下我们不管，让我们自生自灭——这样的野蛮行径虽然似乎令人难以想象，但在茫茫大海上却并不少见，发生的情景和我们现在所身处的境况十分相似，当事人也都是人类。但这一次，上帝大发慈悲，我们所担心的事情终究没有发生，因为没过多久，我们就隐约听见了那条船的甲板上传来了一阵喧闹声，船上的人立刻升起了英国国旗，转变了风向，径直朝我们驶来。不到半个小时，我们便已经坐进了这艘英国船的船舱里。它是利物浦来的“珍妮·盖伊”号，船长名叫盖伊，正准备驶往南太平洋猎捕海豹以及做生意。

第十四章

“珍妮·盖伊”号是一条十分漂亮的帆船，载重一百八十吨。它的船艏特别尖，是我所见过的在温和有风的天气下航行最快的帆船。但如果要在恶劣的天气状况下航行，它的质量还不算太好，从它此次载运的货物看，吃水过深。一般说来，就运输这类货物而言，最好选用体积更大、吃水相对较浅的船——载重三百到三百五十吨之间的就可以。船应该是三桅操纵的，从各方面来讲其机构应当与通常在南部海区航行的船只不一样。它绝对必须装备精良，例如应该有十到十二门十二磅的舰炮，两三门长管十二磅炮，还应配上黄铜短枪，船两头再各设一个防水的武器箱。它的锚和缆绳应当比装运其他货物的船更为坚固，更重要的是，船上必须配备多名能干的水手——就我上面所描述的船而言，应当有至少五六十名身强力壮的大汉。“珍妮·盖伊”号上除了船长大副之外，还有三十五个人，他们个个都是身强力壮的水手，但在熟悉这类航运有可能会遭遇的困难和危险的航海者看来，这条船的武器装备实在不够精良。

盖伊船长是一位很有城里人风度的绅士，有着相当丰富的南部海域航行经验，他一生的大部分时间都奉献给了那里。但是，他的精力不够充沛，因此便缺乏了那种干这一行所必须拥有的奋斗精神。他是现在这条船的股东之一，可以有权在南部海域决定运送何种货物，通常运送那些容易弄到的东西。像往常一样，这次船上装的货物有珠子、望远镜、火绒、手斧、短柄小斧、锯子、扁斧、刨子、方凿、圆凿、手钻、锉刀、辐刨、粗锉、锤子、钉子、小刀、剪刀、剃须刀、针线、陶器、印花布、小玩意儿，以及其他类似的东西。

这条纵帆船于7月10日从利物浦起航，25日在西经20°的位置穿过北回归线，于29日到达了佛得角群岛的萨尔岛，装运了盐和其他的航行必需品。8月3日，船离开佛得角向南进发，向巴西海岸驶去，准备在西经28°和30°子午线之间穿过赤道。这通常是从欧洲到好望角或经此去往东印度群岛的船所走的航线。这样走，船只就可以避开海上的静风天气和几内亚沿岸常见的强逆流，同时，这也是最近的一条航线，因为此后就会有西风将船一路送至好望角。盖伊船长打算在克尔格伦岛作首次停留——我不知道这一决定是出于什么原因。我们被救上船的那天，帆船所处的方位是圣罗克角外海西经31°，因此，当我们被发现的时候，已经从北向南漂了不少于5°12′的距离！

在盖伊号上，我们受到了善意的款待，这对于刚刚脱离苦海的我们而言，是一种莫大的安慰。此后的两个星期里，船一直向东南方向航行，轻柔的微风，晴朗的天气，彼得斯和我都从最近的困境和可怕的灾难中完全恢复了过来，渐渐地，我们产生了一种错觉，觉得那些曾经发生过的事情仿佛只是一场可怕的噩梦，而不是在严肃冷酷无情、赤裸裸的现实中所真实发生过的事情，我们很开心终于从这个梦境中醒来。我发现，人之所以会有时出现部分记忆遗失的情形，通常都是伴随着境况的突然改变，例如从欢乐到悲伤或是从悲伤到欢乐——遗忘的程度则取决于境况转变的差异度。因此，就我而言，此时的我觉得自己已经无法完全理解之前在那条大船上所度过的那些悲惨的日子。我能想起发生了些什么，却记不清事件发生当时的感受。我只知道，当那些事件真的发生时，我以为人类是无法忍受那种痛苦和折磨的。

此后连续几个星期，我们就这样一直航行着，除了偶尔遇上几条捕鲸船之外，并没有发生其他的小插曲，倒是经常遇上黑鲸或露脊鲸，之所以这样命名这种鲸鱼是为了使其区别于抹香鲸。露脊鲸多见于南纬 25°以南的海域。9 月 16 日，这艘帆船到达了好望角附近，遭遇了自我们离开利物浦以来第一场带点强度的劲风。在这片海域里，特别是海岬东面和南面的海域（我们是从西面驶近的），航海者经常不得不与从北方吹来的猛烈大风作斗争。风暴起时，海面经常会变得波涛汹涌，而最危险的特征就是风向的突然转变，这种现象在风力达到最强时几乎是肯定会发生的。强烈的飓风通常会出现，上一秒从北方或东北方向刮来，而下一秒那个方向可能便什么风都没有了，反而是从西南方会猛然刮起一阵程度强烈到令人难以想象的大风。一旦南方出现了明亮的斑点，那么就预示着这一变化是肯定即将发生的，船只也可以由此作出判断，开始采取预防措施。

大约早晨六点钟左右，强风来袭，夹裹着白色的风暴，和往常一样，从北方狂卷而来。到了八点钟时分，风力已然十分强劲，还掀起了我这辈子从未见过的滔天巨浪。尽管我们将所有的东西都仔细地捆绑牢固，但帆船航行得依然十分艰难，而且在这种时刻，它作为一艘海船的种种弊端也明显地暴露了出来：船头每往下扎一次，船艄就会没进水里，船头刚刚艰难地从巨浪中挣扎着露出水面，新的浪头就会冲上来将它完全淹没。到了太阳西沉时分，我们一直在观察着的亮斑在西南方出现了，一个小时之后，我们发现船的前桅上的三角帆正无精打采地向下垂着贴在斜桅上。又过了两分钟，尽管我们已经尽力做好了一切准备，船仍旧像被施了魔法似的一头翘了起来，就在船正在侧倾之时，一排巨大的海浪席卷着丰富的泡沫，劈头盖脸地向我们砸下来。不过，从西南方向吹来的风只是一场很快便消逝的强风而已，因此我们的船幸运地恢复了原来的位置，一根帆桅都没有损失。自此之后的好几个小时，从侧面打来的巨浪给我们造成了极大的困扰，但到了天快亮的时候，海面又重新回复了强风刮来之前的那种平静。盖伊船长认为他能逃过这场劫难简直就是一个天大的奇迹。

10 月 13 日那天，我们已经能够看见位于东经 37°46′南纬 46°53′的爱德华太子岛了。两天之后，我们便来到了占领岛附近，目前正在驶过位于东经 48°南纬 42°59′的克罗泽群岛。18 日那天，我们到达了位于南印度洋的克尔格伦岛（又称荒芜岛），船在圣诞港抛锚，吃水四英尺。

这座岛屿更准确地来讲应该算是群岛，位于好望角东南大约八百里格的地方。该岛是 1777 年由克尔格伦男爵首度发现的。克尔格伦男爵是一个法国人，他原以为这片土地是广袤的南部大陆的延伸，因此回国之后便依此将这一消息公开了，在当时引起了不小的轰动。随后，政府接手了这件事，于第二年派男爵再度前往该岛去认真考察一下那片新发现的土地，结果发现原来的想法是一个错误。1777 年，库克船长也来到了这一群岛，他将其中的主岛称为荒芜岛，这名字倒是完全适合于这座岛的状况。然而，航海者刚到达岸边陆地时却很可能会认为这个名字取得不恰当，因为从每年的九月到次年的三月，岛上的山坡大部分都会笼罩在一片葱绿之中。这种骗人的表象是因为岛上长着一种类似于虎耳草的矮小植物，这种植物遍地都是，一大片一大片地攀附在摇摇欲坠的苔藓植物上。除了这种植物之外，岛上几乎没有别的植物了，除非算上长在港口附近的杂草、一些地衣，以及一种看上去像抽苔的卷心菜、味道又酸又苦的矮灌木。

岛上山峦起伏，但是没有一座可以用“雄伟”一词来形容的。每座山的山顶上都覆盖着长年不化的积雪。岛上有几处港口，圣诞港是其中最方便的一个。船只越过形成北部海岸的弗朗索瓦角后，在岛的东南方首先看到的就是圣诞港，而且由于它形状特别，因此很容易辨认。在它突出的顶端矗立着一块高大的岩石，岩石上有一个洞，形成了一个天然的拱门。进港的方位是东经 69°6′，南纬 48°40′。进入港口之后，有几座小岛的背风处可以找到理想的锚地，而小岛本身则可以很好地挡住任何从东面吹来的风。从这一锚地往东而去，就到了位于港口顶端的瓦斯波湾。这是一处小小的港湾，它完全与陆地相连，帆船能以四英寻的吃水位开进港去，找到水深三至十英寻的锚地，海的底部是硬黏土，在右舷主锚向前的情况下，船只可以终年停靠在这里，不会有任何危险。往西去，在瓦斯波湾的末端，有一条很容易找到、水质极好的小溪流。

在克尔格伦岛上依然能够发现一些带毛发的海豹，海象则比比皆是。岛上鸟类数量众多，有很多企鹅，这些企鹅可以被分为四个不同的种类。皇家企鹅是其中最大的一种，这种企鹅之所以以“皇家”命名，是因为其体形庞大而且羽毛非常漂亮。皇家企鹅的上半身通常呈灰色，有时是淡紫色，下半身的颜色是人们所能够想象到的那种最为纯净的白色；头部和腿部乌黑发亮，羽毛非常漂亮，从头到胸部有两条宽宽的金色条纹；喙很长，有的是粉红色，还有的是鲜红色。这些禽鸟行走时身体立得很直，看起来给人以气度不凡之感。它们的脑袋高高昂起，两只翅膀像两条胳膊似的垂着，尾巴突出，与腿保持一条直线，看上去和人类十分相像，如果有人不仔细打量或是在傍晚暮色朦胧时分看到，很容易误以为那是人类。我们在克尔格伦岛上见到的皇家企鹅体形要比鹅大很多。岛上还有其他种类的企鹅，例如马克罗尼企鹅、黑脚企鹅和卢克里企鹅等。这些企鹅体形较小，羽毛也不怎么漂亮，在其他一些方面也与皇家企鹅存在着很大气差异。

除了企鹅之外，岛上还可以看到许多其他的鸟类，其中值得一提的有海母鸡、蓝海燕、水凫、野鸭、埃格蒙特港鸡、鸬鹚、角鸽、海燕、燕鸥、海鸥、雪海燕、大海燕和信天翁。

大海燕与普通信天翁体形大小相近，是一种食肉的鸟类。这种鸟经常被称作碎骨鸟或鱼鹰。它们胆子很大，如果加以妥善烹饪，味道非常鲜美可口。它们在飞翔时经常身体贴近水面，双翼展开，似乎并没有动过翅膀，或者说翅膀看起来一点都没有用力。

信天翁是南海海域上最大最凶猛的鸟类。信天翁属于海鸥类，这种鸟通常将猎物用翅膀携带着在空中飞行，它们只有在孵化期才会降落在岸上。信天翁与企鹅之间存在着一种极为特殊的友谊。这两种鸟筑巢的方式严格一致，就好像是相互商量好了似的——信天翁的巢建在中心位置，然后四个角上各有一个企鹅的巢。航海者们一致同意把这种巢群现象称为群栖。人们经常会描写这类群栖，但本书读者们不一定读到过相关的文字，此外我在后面也会谈到这些企鹅和信天翁，因此在这里讲讲它们的筑巢和生活模式并不算离题万里。

每当孵化期到来之际，这些鸟类便大量聚集起来，一连好几天都在一起，好像是在商量如何筑巢一般。最后，鸟儿们终于开始行动了。它们通常先选择一处平坦的地方，所选之地要足够开阔，通常会有三四英亩大小，地方要尽可能离海近一些，但又不至于会被海水冲到。地点的选择还与地面的平整度有关，地面干净、石头越少的地方越好。一旦确定了筑巢地点，这些禽鸟便会步调一致、甚至连想法都一致地开始在地面上画出一个相当精确的正方形或其他的平行四边形图案，具体的形状依实际地面情况而定，所划定区域的大小正好能轻松地容纳下这一群鸟，不多也不少——这么做似乎是为了防止未参加筑巢的禽鸟插足。做好了标记的区域一边与水线平行，该边就作为鸟儿们的出入口。

标好群栖地的界限之后，这群鸟儿便开始清理自己的地盘，将各种垃圾都一一清除出去，小石子一颗一颗捡起然后搬到界线之外围起来，以便在朝内陆的三面构筑起一堵围墙，墙内则形成了一条十分平整光滑的通道，大约六到八英尺宽，该条道路直通整个群栖地，作为所有鸟儿的共用通道。

接下来的工作是将整个地方分成大小完全一样的几块小区域。鸟儿们在整个群栖地的地面上勾勒出十分光滑、呈十字形交叉的狭窄小径。在每一个小径交叉点上筑造一个信天翁的巢，而每个方块里则筑造一个企鹅的巢——这样一来，每一只企鹅周围就有四只信天翁包围着，而每一只信天翁周围也有同样数量的企鹅包围着。企鹅的巢就是在土地上挖一个洞，浅浅的，刚好能防止一枚企鹅蛋四散滚落。信天翁的巢则比企鹅的巢要复杂得多，每个信天翁的巢都要堆起一个大约高一英尺、直径两英尺的小丘。小丘由泥土、海草以及贝壳堆成，而巢就建造在小丘顶上。

在整个孵化期内，这些禽鸟都会轮流呆在巢里小心翼翼地看守，保证时时都有大鸟护卫着幼鸟，直至幼鸟大到能够照顾自己。雄鸟外出去海面上觅食时，雌鸟就留在窝里值班看护幼鸟，当雄鸟回来之后，雌鸟才会外出。鸟儿们从来都不会让自己的鸟蛋裸露在外——一只大鸟离巢外出的话，另一只大鸟就会蹲在巢里继续孵着。保持这样的谨慎态度很有必要，因为在群栖的鸟类中存在着很严重的偷盗行为，群栖者之间经常一有机会就毫不犹豫地相互偷取鸟蛋。

虽然有些群栖地中只有企鹅和信天翁，但大多数地方还是可以寻见各种各样其他海鸟的踪迹，它们享受着群栖地公民的一切特权，到处找空地方筑巢，但从来不会侵入个子比它们大的鸟类的地盘。从远处看上去，这类群栖地的外观极为独特。在鸟儿们的栖息地上方经常会出现黑压压的一片东西，那是大量的信天翁聚集在一起（中间还夹杂着其他体形较小的鸟类），准备飞向大海或刚从大海飞回来。与此同时，还可以看见一群企鹅，有的在狭窄的小径上来回摇摆的走动着，有的则迈着它们所特有的类似于军人行进的步伐，在围绕着群栖地的大路上行进。简而言之，无论我们怎样研究，这些羽翼类生灵的行为的确会让人在惊讶之余陷入深思，在人类井然有序的智慧中，却找不到如此深思熟虑、引人沉思的内容。

我们到达圣诞港后的第一个早晨，大副帕特森便带一些人驾起小船去捕猎海豹（尽管离捕猎海豹的季节还早了点），而船长和他的一个小亲戚则在岛西面的一处荒地下了船，他们两人有些事要到内岛去办，到底是什么我也无从得知。盖伊船长随身带了只瓶子，瓶子里面塞着一封信。他从船上下来的那块开始朝岸上最高的山顶之一走去。可能他想要将那封信留在山顶，等待他所期盼的、随后而来的某条船上的人来取。等到他的身影淡出我们的视线之外后，我们（彼得斯和我在大副的船上）便立即开船，沿着海岸去寻找海豹。整整三个星期，我们一直在忙着找寻海豹的踪迹，仔细搜寻除了克尔格伦岛外的每一处角落和隐蔽处，还驾船去了附近的几个小岛。可是我们的努力并没有为自己带来多大的收获。我们看见了很多海豹，但它们特别胆小，即便我们使出浑身解数，也仅仅只弄到了三百五十张皮毛。海象倒是很多，特别在陆地的西部沿海区域更是数不胜数，但我们只猎杀到了二十头，而且捕杀过程相当艰难。在较小的海岛上我们发现了大量的粗毛海豹，但并没有去骚扰它们。11 日那天，我们回到了帆船上，见到了盖伊船长和他的侄子，按照船长的说法，这座岛的内陆是一个糟糕至极的所在，是世界上最荒凉寂寞的地方之一。他和自己的侄子不得不在岛上逗留了两夜，这全都怪二副发生了理解上的错误，没有及时派工作船去把他们接回到大船上来。

第十五章

12 日那天，我们从圣诞港起航，向西沿旧路折返行驶，途中看见克罗泽群岛的玛丽安岛就在我们左舷那边！随后，我们经过了爱德华王子岛（它也位于我们船的左侧），然后稍稍向北转了航向，于十五天之后到达了西经 12°8′南纬 37°8′的特里斯坦——达库尼亚群岛。

这一现今广为人知的群岛包括了三个圆形岛屿，最早是由葡萄牙人发现的，1643 年，荷兰人曾到此拜访过，1767 年该群岛又印上了法国人的足迹。三座小岛一起形成了一个三角形，每两座岛屿之间相距约十英里，船只可以自由出入。各岛上的陆地海拔都较高，特里斯坦——达库尼亚岛上尤其如此，这座岛是群岛中最大的一座，它的周长为十五英里，岛上陆地海拔很高，在天气晴朗的情况下，远在八九十英里之外都能够看见。位于该岛北端的一部分陆地陡直矗立而起，距离海面的垂直高度达到了一千英尺。在那样的高度上，有一片平坦的高地一直向后延伸至岛的中心处，高地上隆起了一座看上去很像特内里费岛的圆锥形山。圆锥山下部密布着郁郁葱葱的参天大树，但圆锥山上部却是光秃秃的岩石，经常被缭绕的云雾所遮蔽，一年中大部分时间都是白雪皑皑。岛的四周并没有沙洲或其他的危险因素，海岸线十分明显，水位很深。在西北部的海岸上有一处港湾，该处港湾带有一片黑沙滩，在刮起南风的情况下，驾驶小船可以轻易地到达。在这一区域还可以找到大量水质优质的淡水，此外，用鱼钩和网就能捕获到鳕鱼和其他一些鱼类。

按照规模大小排在其后、同时也是群岛之中地处最西端的那座岛屿被称为伊纳克塞瑟布尔岛，其准确位置是西经 12°24′，南纬 37°18′。该岛周长约为七八英里，四面环绕的全都是悬崖峭壁，让人一见顿生却步之感。它的顶部十分平坦，整个区域一片荒芜，除了数目很少的矮灌木之外，没有任何其他植物。

夜莺岛面积最小，它是一座地处最南端的岛屿，其位置是西经 12°12′，南纬 37°26′。越过其最南端，那里的海里耸立着一排多岩石的小岛。在该岛的东北外海也可以见到诸如此类的小岛。岛上的地面起伏不平，寸草不生；岛中央有一道峡沟将其一分为二。

在适当的季节里，这些岛屿的沿海地带会有大量的海狮、海象、粗毛海豹和海狗出没，此外还有各种各样的海鸟。这些岛附近也有不少的鲸鱼。由于捕猎这些动物十分容易，因此自这一群岛被发现以来，已经多次有人来拜访过。最早的时候，荷兰人和法国人经常来往此地。1790 年，来自费城的帕滕船长驾驶着“勤勉”号来到了特里斯坦——达库尼亚群岛，并在此停留了七个月（从1790年8月到1791年4月）之久，收集了大量的海豹皮。在这段时间里，帕滕一共收集到了五千六百张海豹皮，并且声称自己可以毫不费力地在三周之内装满一船的海豹油。当年他到达该岛的时候，岛上除了少数的野山羊之外并没有别的四蹄动物，而现在各种家畜随处可见，那些都是后来的航海者们带过去的。

在我看来，就在帕滕船长去过群岛之后不久，科尔克霍恩船长驾驶着美国的"贝特西"号双桅帆船抵达了群岛之中那座最大的岛屿，他们想要在那里中途休息并获取补给。科尔克霍恩船长带人在岛上种植了洋葱、土豆、卷心菜及很多其他蔬菜，这些蔬菜现在繁殖得很好，随处可以看见它们的踪迹。

1811年，一位名叫海伍德的船长，驾驶着"海神涅柔斯"号来到了特里斯坦。他发现岛上住着三个美国人，他们待在那里收集海豹皮和海豹油。其中一个美国人的名字叫做乔纳森·兰伯特，这个人自称是该地的统治者。他开辟出了大约六十英亩的土地，并将注意力转移到了种植咖啡和甘蔗上，这一举动获得了美国驻里约热内卢公使的资助。不过，这一拓居地最终还是被遗弃了，1817年英国政府占领了该岛，为此目的还从好望角派来了一支特遣队。但是英国人也并没有在那里待多久，而在英国放弃对该岛的控制权时，有两三户英国家庭在没有取得英国政府同意的情况下便占据了原来居民的住所。1824年3月25日，杰弗瑞船长驾驶"伯维克"号从伦敦前往范迪蒙岛，途中船只经过了这个地方，他们在这里遇见了一位名叫格拉斯的英国人，此人以前是一位英国炮兵下士。他声称自己是该岛的最高统治者，领导着21个男人和3个女人。他对该片区域赞不绝口，声称这里的气候有益于健康，并且土壤肥沃。岛民们主要的工作是收集海豹皮和海象油，然后再把这些东西卖到好望角去，运输工具是归格拉斯所有的一条小小的纵帆船。当我们抵达该岛时，那位统治者依然居住在这里，但他所统治下的小小社区人口已经大大增加，现在特里斯坦岛上有 56 人，而夜莺岛上还有 7 人移民区。我们几乎取得了原来计划想要弄到的所有补给，并且没有遇到任何困难——羊、猪、牛、兔子、鸡、山羊和鱼，各种蔬菜更是应有尽有。我们将船停泊在离大岛很近的锚地，那里水深 18 英寻，如此一来可以非常方便地将我们所需的东西搬上船去。盖伊船长还从格拉斯手里购买了五百张海豹皮和一些象牙。我们在这里待了一个星期，这段时间里的风，主要是从北边和西边吹来的，天空中经常弥漫着一层薄薄的雾。11 月 5 日，我们开船起帆向西南方向驶去，目的是仔细搜寻被称为奥罗拉群岛的岛屿。关于这一群岛是否真正存在的问题，人们的说法并不一致。

据说这一群岛早在 1762 年就已经被人发现，当时的发现者是“奥罗拉”号船的船长。而属于皇家菲律宾公司“公主号”船的船长马努埃尔·德·奥亚维都声称，他曾驾船于 1790 年在这几座岛之间直接穿行而过。1794 年，西班牙轻巡洋舰“阿特拉维达”号来到了这片区域，船上人员决心查明这几座岛屿的确切位置，而马德里皇家水文地理协会于 1809 年出版的一份文件中，就有针对这次行动的相关描述：“轻巡洋舰‘阿特拉维达’号自 1 月 21 日至 27 日，在那些岛屿附近的海区开展了一切必要的观测活动，用经线仪测量了这些岛屿和马尼拉的索莱达港之间的经度差。该区域一共有三座岛屿，它们几乎都处于同一经线上；中间的那座岛地势较低，而另外两座岛则是远在九里格之外都能看见。”“阿特拉维达”号上所进行的观测认为以下的结果就是每一座岛屿的精确位置。最北端的那座岛位于南纬 52°37′24″、西经

47°43′15″；中间那座岛位于南纬53°2′40″、西经47°55′15″；最南端的那座岛位于南纬53°15′22″、西经47°57′15″。

1820年1月27日，英国海军的詹姆斯·威德尔船长从斯塔滕岛起航，出发前往寻找奥罗拉群岛。他报告说，经过孜孜不倦的努力搜查，他们的船不仅驶过了“阿特拉维达”号的船长所指明的确切地点，还在这些地点附近的各个方向上展开了延伸搜寻，但是什么岛都没有发现。这些相互矛盾的说法使得其他的航海家也纷纷前往那一海域探险，可奇怪的是，一些船只在那些岛屿所谓的存在地仔细地航行过了每一英寸的海区，但就是无法发现它们，与此同时却也有很多人坚定地声称自己亲眼见过这些岛屿，甚至还说自己曾经航行到过离海岸很近的地方。而盖伊船长的意图就是尽他所能地去探索解决这一引发了如此奇怪争议的问题。

我们一直按照既定的西南航线行驶，途中天气情况变幻莫测，直到当月20日，我们才到达了那片颇具争议的区域，也就是南纬53°15′、西经47°58′的位置——也就是说，差不多就处于被认为是群岛最南边的那个岛上了。但是我们没有发现任何陆地的迹象，于是便继续朝着南纬53°线以西航行，直至到达西经50°位置。然后我们转而向北，一直航行到了南纬52°的位置，再自此转而向东，并利用早晚测得的双重地平纬度以及各大行星和月球的地平经度来帮助船只保持沿52°纬线航行的状态。就这样，我们一直向东航行，抵达了穿过南佐治亚岛西海岸的那条经线，然后沿着这条经线南下，回到了我们开始航行时的纬度位置，再在我们航行过的海域上做对角航行。在这期间，我们派人在桅顶随时注意观测，三个星期的时间里大家一直都在极为仔细地重复着这一试验。这段时间里，天气晴朗得让人无可挑剔，没有出现任何阴霾。当然，搜寻的结果也令我们感到心满意足：无论以前在这一海域曾经存在过什么样的岛屿，现在都已经不见踪迹了。后来，回家之后我发现，1822 年又有两条船前往该海区仔细搜寻过，一条是美国纵帆船“亨利号”，它的船长是约翰逊；另一条是美国纵帆船“大黄蜂”号，船长叫莫雷尔。这两次搜寻的结果与我们搜寻的结果相差无几。

第十六章

在弄清楚有关奥罗拉群岛的问题后，盖伊船长最初的打算是驾船穿越麦哲伦海峡，沿着巴塔哥尼亚的西部海岸向北而去，可是在特里斯坦——达库尼亚岛上收到的消息使他改变了主意转而向南，因为他希望途中能够遇到据说散落在南纬 60°西经 41°20′一带的几座小岛。在他的计划中，如果没能发现那些岛屿，那么只要天气情况允许，他就会驾船向极地方向前进。于是，在 12 月 12 日那天，我们就按照盖伊船长的计划朝着那个方向驶去。18 日，船到达了格拉斯所说的那处地方的附近。我们在周边海区一连航行了三天，并没有发现任何他所提到的那几个岛屿的踪迹。21 日那天，天气格外晴朗，我们再次出发向南航行，并决定就按这一航线尽可能地走下去。因为有些读者可能很少关注对这一海区的探索进展情况，所以，在进入这一部分的叙述之前，我会简单说明一下到当时为止，人们为到达南极都曾付出过怎样的努力。

起初有关库克船长的探险是有明确记录的。1772 年，他驾驶着“决心号”，在弗诺海军上尉所驾驶的“探险号”的陪同下开始向南方进发，开始他们的探险历程。当年 12 月，他们到达了南纬 58°东经 26°57′的区域，在那里船队遇上了狭长的浮冰带，呈西北到东南向的冰层厚度达到了 8 至 10 英寸。这一片浮冰体积庞大，相互之间挤压得很紧，船只很难自其间冲开通行道路。就在这段时间里，库克船长看见了数量众多的鸟类，由这一现象以及其他的一些迹象，他断定自己已经十分接近陆地了。他继续向南航行，天气渐渐变得极为寒冷，最后船只到达了南纬 64°东经 38°14′的位置。这里的气候稍微温和一些，周围时不时有微风掠过，这种天气一连持续了五天，气湿计上显示的是华氏 36°。1773 年 1 月，船队创下了横跨南极圈的创举，但此后并没能继续向前挺进很多，因为在南纬 67°15′处他们遇上了一堵巨大的寒冰障碍，这些冰一眼望不到边，挡住了南方的地平线，致使船队无法前进。这片由寒冰所组成的障碍变化多端，最大的冰块长达数英里，高出水面约 18 到 20 英尺。由于时节已晚，因此船只不可能沿着这些障碍绕过去，于是库克船长只得不情不愿地调头向北航行。

第二年 11 月份，库克船长再次前往南极探险。在纬度 59°40′处遇上了一股南向的强劲气流。到了 12 月份，船队抵达了南纬 67°31′、西经 142°54′的位置，该地气温极为寒冷，还带有强风大雾。这里各种鸟类数目繁多，其中数量最多的是信天翁、企鹅和海燕。在南纬 70°23′的位置，船只遇上了几处很大的冰山，自那之后不久，库克船长就发现南面的云层像雪一样的洁白无瑕，这表明该处距离冰原已经不远了。等到船抵达南纬 71°10′、西经 106°54′的地方时，航海者们和上次一样遭遇了巨大的冰障，整个南部水平线被完全封堵了。这道冰障的北部边缘参差不齐，紧紧地挤在一起，船只根本无法通行，并且冰障向南延伸了约有一英里远。过了这一块，冰冻的地表相对而言更为平整，一直延伸到傲然矗立、绵延不断的冰山脚下。在库克船长看来，这片一望无际的冰原直达南极，或者是与一块大陆相连。J. N. 雷诺兹先生经过坚持不懈的努力最终获得的由国家支持的那个探险计划，其部分目的就是为了探索这一区域。在谈论起这一决定时，雷诺兹先生说："库克船长未能越过 71°10′的位置，对此我们毫不感到讶异，但让我们惊讶的是，他居然能够到达西经 106°54′那一点。帕尔默地位于设得兰以南、南纬 64°的位置，并向南向西无限延伸，从未有航海家穷尽过对于该区域的探索。库克船长的行程受冰障所阻时所站的就是这片地方，在我们看来，每年 1 月 6 日这种时候，那里的情况通常都是如此——如果这时候，冰山被描述成为有一部分与帕尔默地相连，或与南边或西边更远处的陆地相连，那一点也不奇怪。"

1803 年，克鲁斯特恩和李西奥斯基船长受俄国沙皇亚力山大的指派开始了他们的环球航行之旅。向南航行时，他们未能越过南纬 59°58′、西经 70°15′的位置，因为他们在那里遭遇了东向的强劲气流。那里鲸鱼很多，但并没有看见冰。关于此次航行，雷诺兹认为，如果克鲁斯特恩再早些天到达他后来所到达的位置，那么就一定会遇上冰，而船队当时到达该纬度时已经是当年的三月份了。那个时候的风大都由南方或西方而来，在风力和洋流的作用下，将大片浮冰推送至北临南乔治亚岛、东傍南桑德威奇岛、南接奥克尼群岛、西连南设得兰群岛的那片区域。1822

年，英国皇家海军的詹姆斯·威德尔船长带领着两条很小的船只航行到了比先前任何航海者所达之处都更偏南的地方，而且他们也没有遇上什么特别的困难。威德尔说，尽管在到达72°位置之前，船只经常被冰块包围，可真的抵达72°位置之后却并没有看见任何冰块。后来船只航行到了南纬74°15′处，也没有发现任何冰原，只看见了三座冰岛。但是值得一提的是，尽管他们在这里看见了数量众多的各种鸟类和其他通常表明附近有陆地的种种迹象，并且尽管从桅顶向南眺望、在设得兰群岛以南发现了尚不知名的海岸线，威德尔还是认为在南极地区不可能有陆地存在。

1823年1月11日，美国“大黄蜂”号纵帆船船长本杰明·莫雷尔从凯尔盖朗岛出发，他的目标是尽可能地深入到南极地区。2月1日，他到达了南纬64°53′、东经118°27′的位置。下面的这段文字摘自于他当天的航海日志。“风很快就变成了11节微风，船只抓住机会向西航行，因为我们认为只要越过南纬64°位置，越往南遇上的冰块就会越少，于是我们将船的航线稍稍向南方偏移，直到穿越了南极区，到达了东经69°15′的所在。这一海区内没有冰原，也很少有冰岛。”

在3月14日的日志里，我还读到过以下的内容：“海面上现在已经完全看不到冰原，视线范围内也只有十来座冰岛。与此同时，与南纬60°和62°处的气温和水温相比，这里的气温和水温至少高出了13°（温和得多）。现在我们所处的位置在南纬70°14′，空气温度是47°，水温是44°。在这种情况下，我发现方位偏角为东向14°27′，……我曾经多次从不同的经线上进入南极圈，每一次都发现，越过南纬65°越远，空气和水的温度就变得越温和，磁偏角也会相应减少。而在此纬度以北，即南纬60°到65°之间，我们经常会遇上无数体积巨大的冰岛，其中有些的冰岛的周长达一两英里，露出水面的部分有高达500多英尺。”

尽管此时前方所呈现的海域一片空阔，但是由于燃油和淡水即将用完，且缺乏合适的仪器，外加时节已晚，莫雷尔船长只能被迫返航，停止向西继续前进。他曾经说过自己对此事的看法：如果不是因为上述种种原因迫使船只不得不返航，那么即使无法直接到达南极，他至少也能够到达南纬85°的地方。我之所以在此这般详细地将莫雷尔船长的想法告知读者，是希望大家能够意识到，我随后的经历在多大的程度上能证实他的这些想法。

1831年，受雇于伦敦捕鲸船主恩德比兄弟的“莱弗利”号双桅帆船在布里斯克船长的带领下向南海迈进，同行的还有快艇“图拉号”。2月28日，船只到达了南纬66°30′、东经47°31′的位置，布里斯克远远看见了陆地，并且“透过雪原，清楚地看见了远方连绵的黑色山峰，山系呈东南偏东走向。”在随后的那个月里，他一直在该海区附近停留，但由于天气情况恶劣，船只始终只能在距离海岸十里格处徘徊，无法继续前行。布里斯克觉得在这样的季节里已经不可能继续探索下去了，于是便向北返航到范迪蒙岛过冬。1832年初，他再度向南挺进，于2月4日那天到达了东南方向南纬67°15′、西经69°29′的位置，他很快就发现，那是他之前看见的那片陆地东端附近的一个岛屿。当月21日，他成功地在那片陆地上登陆了，以威廉四世的名义宣布占领了该地，并以英国王后的名字为其取名为阿德莱德岛。伦敦的皇家地理学会得知了这些情况之后，得出了这样的结论：“东经47°30′到西经69°29′之间存在着一片绵延不断的陆地，与南纬66°至67°线平行。”对于这样的结论，雷诺兹先生评论说，“我们并不认同这一结论的正确性，布里斯克的发现也并没有为此提供任何依据。威德尔沿着一条经线向南航行到达了南乔治亚岛、南桑德威奇群岛、南奥克尼群岛以及南设得兰群岛以东的海面，也是在这一海域内。”我本人的经历则更直接地证明，伦敦皇家地理学会所得出的结论是错误的。

上面所讲述的是对南海高纬度海域进行探索的一些主要活动，现在可以看出，在“珍妮·盖伊”号进行这次航行之前，南极圈海域还有差不多三百经度的范围从来没有人穿越过。当然，在我们面前，还有着广阔的海域等待着我们去探索，我怀着极为强烈的兴趣，倾听着盖伊船长表达他要大胆向南航行的决心。

第十七章

我们最终放弃了寻找格拉斯所说的那几座岛屿的打算，随后一连四天都向南航行，途中没有遇见任何浮冰。26 日中午，我们到达了位于南纬 63°23′、西经 41°25′的地方。在这里，我们看到了几座很大的冰岛和一片漂浮的冰原，不过它们延伸的范围并不很大。风主要从东南方向或东北方向吹来，但是都很轻柔。西风倒是很少见，但通常只要刮起西风，就肯定会带来一场暴风雨。每天或多或少都会下点雪。27 日的温度计上显示的是华氏 35°。

1828 年 1 月 1 日。今天我们发现船完全被浮冰所包围了，前景看起来实在是不容乐观。整个上午，一直刮着自东北方向来的强风，大风卷起大块浮冰猛烈地撞击着我们的船舵和船尾，大伙十分担心这种情况会给船只带来不良的后果。夜幕快要降临的时候，狂风还在猛烈地刮着，幸好前面有一大块冰原破裂开来，我们便拉满帆强行在体积较小的浮冰中间闯开了一条通道，然后驶进一片开阔的水域。接近那片水域时，我们开始慢慢地收帆，等最终行驶到安全区域之后，便仅用前桅大帆将船停泊该处。

1 月 2 日。今天天气还可以。中午时分，我们测得所处的方位为南纬 69°10′、西经 42°20′，这表明船只已经越过了南极圈。尽管我们身后是大面积的冰原，但朝南方望去时却并没有看见很多冰块。这一天，我们动手做了一个探测装置，该装置的原材料是一个容积为二十加仑的大铁桶和一根长度为二百英寻的绳子。利用它我们测出了海流向北，流速约为每小时四分之一英里。此时的气温为华氏 33°左右。我们发现此处的地平经磁偏角为东向 14°28′。

1 月 5 日。我们的船还是一直向南行驶，一路上并没有遇到什么大的障碍。但当天上午时分，在南纬 73°15′、西经 42°10′处，我们又被一片体积庞大的坚冰挡住了去路。尽管如此，由于我们发现南方海面看上去十分开阔，因此便坚信最终一定能够到达那片海域。随后我们沿着浮冰的边缘向东继续前行，最后来到了一条约一英里宽的通道前，到了日落时分，我们终于穿过这条弯曲的通道驶出了浮冰区。那之后，我们所处的海面上到处都是岛状冰山，但并没有冰原，因此我们便勇敢地继续向前航行。虽然天空频繁地飘洒着雪花，偶尔还会出现猛烈的冰雹，但气温似乎并没有因此而变得更加寒冷。当天，我们还看到船只的上空有大群的信天翁从东南方向西北方飞过。

1 月 7 日。海面依然非常开阔，因此我们得以畅通无阻地继续向南航行。我们看到西边有几座大得让人不可思议的冰山。下午，我们从一座冰山的近旁驶过，发现这座冰山的顶端距离水面至少有四百英寻，它的底边周长约为四分之三里格，几股水流正从山侧的裂缝往下流淌。在随后的两天之中，那座冰山一直都在我们的视线范围之内，但是后来起了雾，它便隐入雾中消失不见了。

1 月 10 日。这天一大早我们就不幸失去了一名美国水手。这名水手名叫彼得·弗雷登伯格，是土生土长的纽约人，他是船上最出色的水手之一。他在向船头走去时不小心滑了一跤，结果跌进了两块浮冰之间的缝隙中，再也没能爬出水面。这天中午我们来到了南纬 78°30′、西经 40°15′的位置。此时天气变得越来越寒冷，我们也不断地遭遇到从北方和东方袭来的冰雹。在这个方向我们也看到了几座更大的冰山，东方的整个地平线看上去似乎都被层层叠叠耸立着的浮冰堵住了。当天夜间，一些浮木从船边漂过，还有大量海鸟从船的上空飞过，其中有大海鸟、海燕和信天翁，还有一种羽毛呈孔雀蓝色的大海鸟。此处所测得的地平经磁偏角比我们越过南极圈时所测得的要小。

1 月 12 日。我们向南航行的计划似乎再次陷入了困境，因为朝南极方向看去，只能够看见一片无边无际的冰原，更远处便全都是参差不齐的冰山，一座连着一座，延伸至不可知的远方。到 14 日为止我们的船一直向西航行，希望能够在这个方向上发现一条通道。

1 月 14 日。这天上午，我们航行到了挡住船只前行去路的那片冰原的最西端，然后安全地绕过它，进入了一片无冰的开阔海面。我们经过探测，发现在水深两百英寻处有一股向南涌动的暗流，流速为每小时半英里。这里的气温为华氏 47°，水温是 34°。我们现在向南航行，一直到 16 日到来之前都没有遇到任何阻碍。到了 16 日中午，船只到达了南纬 81°21′、西经 42°的位置，并在这里再次进行探测，又发现了一股暗流，仍然是朝南流淌的，流速为每小时四分之三英里。此处的地平经磁偏角变得更小，气温温和宜人，气温计上显示的温度为华氏 51°。在此期间，海面上并没有见到浮冰。船上所有人都认为我们最终肯定可以到达南极。

1 月 17 日。今天是颇不平静的一天。无数的海鸟成群结队地从南向北飞过我们头顶上方的天空，水手们站在甲板上开枪打下来好几只，其中有一种鹈鹕鸟，吃起来味道分外鲜美。大约中午时分，桅顶的瞭望员发现船的左前方有一小块浮冰，冰上好像有一头大动物。由于天气晴好，海面上风平浪静，因此盖伊船长便派两艘小艇前去弄清那到底是什么。彼得斯和我跟着大副上了其中较大的那艘小艇。靠近那块浮冰时，我们发现待在上面的是一种像北极熊一样巨大的动物，不过它的个头甚至远远大过最大的北极熊。因为我们都已经全副武装准备好了，所以便毫无顾忌地立刻开始向它展开攻击。几支枪同时向那头大兽开火，大部分的子弹很明显都击中了它的头部和身体。但这似乎并没有让那头巨兽丧失斗志，它从浮冰上跳进水里，张开大嘴朝着彼得斯和我所乘坐的那艘小艇游来。这一突如其来的情况一时之间令我们陷入一片混乱之中，因此谁也没能迅速展开第二轮射击，结果那头巨兽竟然将它那庞大的身躯一半压在了我们的船舷上缘上，没等我们采取有效措施来击退它，它便已一下子抓住了一名水手的腰部。在这个危急关头，彼得斯的果断和敏捷拯救了我们的性命。他跳到那头巨兽的背上，一刀插进了它的后脖颈，刀尖一下子刺到了巨兽的脊髓上。那头庞然大物还没来得及挣扎便一命呜呼、滚进了水里，同时还将彼得斯也带下水去了。但他很快就浮出了水面，拽住我们抛给他的一根绳子，先将那头兽系住，然后才爬上了小艇。我们将战利品拖着，回到了大船上。上船后一量，发现这头熊身体最长处足有 15 英尺。它的皮毛雪白雪白的，十分粗糙，呈卷曲状。它的眼睛一片血红，比北极熊的眼睛还要大，口鼻也比北极熊的更圆，与牛头犬的口鼻更为相似。它的肉很鲜嫩，但有一股难闻的鱼腥味，不过水手们还是一个个狼吞虎咽地吃得津津有味，还直夸味道好极了。

我们刚刚将战利品收拾妥当，桅顶的瞭望员就兴奋地高声喊道："船艏右前方发现陆地!"全船人立马变得警觉起来，这时恰好从东北方吹来一阵微风，很快我们便靠近了瞭望员发现的那片海岸。那是一座低矮的岩石小岛，周长约五英里，岛上除了一种仙人掌之外，并没有发现任何其他植物。船从北面靠近小岛，入目只见一道孤零零的岩壁伸入海中，形状就像一捆捆棉花。绕过岩壁向西前行，我们发现了一个小小的海湾，于是便非常方便地将船停泊在海湾的底部。

我们并没花很长时间便将整座小岛勘探了一遍，但没有发现任何有价值的东西，只除了一个例外：在小岛南端靠近海滨的地方，我们拾到了一块木头，木头的一半埋在一堆乱石里，看上去像独木舟的船艏。木头上明显有某种雕刻过的痕迹，盖伊船长认为那些痕迹构成的是一种乌龟的图案，但我却并没有发现那些刻痕看起来与龟有什么相似之处。除了这段船头（如果它真是船头的话）之外，我们在岛上没有发现任何人或动物居住过的痕迹。小岛周围的海面上偶尔会飘来一些小块的浮冰——但数量很少。这座小岛的准确位置是南纬 82°50′、西经 42°20′（盖伊船长为了对那位与他共同拥有这艘纵帆船的人表示敬意，便以他的名字命名此岛为贝内特岛）。

截至当时，我们已经比以往探险此区域的任何航海者都多向南航行了8个纬度，而前方仍旧是一片没有冰冻的开阔洋面。我们还发现，随着船只向南推进，磁偏角一直在不断减小；更令我们感到惊讶的是，气温慢慢升高了，而且近来水温也变高了。周遭天气甚至可以用宜人来形容，总有一股持续不断却非常温和的风从罗盘所指示的北方吹来。天空格外晴朗，南方地平线上时不时地会出现一层薄雾，但雾霭总是转瞬即逝。现在我们所面临的仅仅只有两个困难：一是燃料短缺，二是有好几名船员出现了坏血病症状。这些情况使盖伊船长觉得有必要考虑返航了，于是他开始不断地提起这个想法。而在我看来，如果顺着当前的航线一直行进下去，我们很快就可以到达某处陆地，再加上此时周遭所显示出来的各种迹象都使人坚信，我们将抵达的那块陆地不会像在北半球高纬度地区所发现的陆地那般荒凉，因此便热切地劝船长让船只继续南下，至少也要按目前的航向再向前走几天。我承认，由于自己很想趁此机会弄清楚到底是否存在南极大陆这个叫人疑惑的问题，所以对于船长胆小畏怯、不合时宜的提议感到有些愤怒。我深信，正是我出于气愤对他所讲的那番话才使他决定继续南下。因此，对于我的劝说后来所导致的一场最为悲惨的流血事件，我无法不感到极端难过，但即便如此，我还是在悲痛之余多少感到了一丝欣慰，因为我们破解了科学界一直以来都颇为关注的奥秘之中最令人兴奋的一个，无论这多么微不足道，但我毕竟为科学做了一点贡献。

第十八章

1 月 18 日。这天早晨，我们的船只继续南下，天气依旧如前几日那样舒适宜人。海面风平浪静，还算得上温暖的风从东北方向吹来，水温为华氏 53°。现在，我们已经再次将探测装置准备就绪，利用一根一百五十英寻的绳子，我们发现了一股暗流，它正以每小时一英里的速度向南极方向流去。风向和暗流全都一直朝南，这一情况在船上负责不同岗位的船员中引起了不同程度的猜测，甚至还引发了恐慌，我也清楚地看出，这一情况也对盖伊船长造成了不小的影响。但他这个人对别人的嘲笑极为敏感，所以最终我用笑声成功地驱除了他内心的忧虑。此时的磁偏角已经变得很小。在当天的航行中我们见到了好几头巨大的同种鲸鱼，还有数不清的信天翁成群结队地掠过帆船上方的天空。我们还捞起了一株结满了山楂一样的红浆果的灌木，以及一具模样奇特的陆地动物的残骸。这种动物身长三英尺，但身高只有六英寸，四条腿非常短，脚上长着色泽鲜红、质如珊瑚的长长利爪。这头动物的整具尸身覆盖笔直光滑的洁白毛丛；尾巴尖尖的，像老鼠的尾巴，长约一英尺半；头部形状像猫，但耳朵除外——它的耳朵像狗耳朵一样呈下垂状，而它的牙齿和爪子一样都是鲜红色的。

1 月 19 日。今天，在南纬 83°20′、西经 43°5′的位置（这里海水的颜色离奇的深，让人觉得讶异），我们又从桅顶观察到了有陆地的存在，通过更为仔细的观察，发现那原来是一些很大的群岛之中的一座。岛的沿岸看上去险峻峭拔，内陆则满是郁郁葱葱的树木，此情此景让我们感到由衷的开心。自发现该岛大约四个小时之后，我们将锚抛在离岛五英里外水深十英寻的沙质海底，由于海水拍击海岸卷起高高的浪花，加上岛周围水面形成小湍流，因此我们不敢贸然靠近。船上最大的两艘小艇已经被放进了海里，一队全副武装的船员（我和彼得斯也在其中）出发，前往暗礁中去寻找通道，这些暗礁看上去似乎环绕着整座海岛。四下里搜索了一会儿之后，我们找到了一个入口，但是正要驶进去的时候，就看见四只很大的独木舟从岸边向我们划过来，小舟上坐满了手持武器的人。见此情景，我们便在那儿等那些人靠近，他们前进的速度很快，不一会儿就划到了能与我们相互喊话的距离。这时，盖伊船长将一方白手巾系在一支桨上高高举起。当这几条独木舟停稳之后，上面的陌生人们便一齐高声快而含糊地说起话来，中间还掺杂着喊叫声，我们能听清的字眼只有“阿拉木—木!”以及“拉马——拉马!”他们这样大喊大叫了足足有半个小时之久，而我们则趁此机会将他们好好打量了一番。在那四只长约 50 英尺、宽约 5 英尺的独木舟上，总共有一百一十个野蛮人。他们的身材和普通欧洲人差不多，但体格则比欧洲人更为健壮结实。他们的皮肤乌黑乌黑的，头发又浓又密、乱成一团，身上穿着一种不知使用什么动物的黑色毛皮做成的衣服，长长的毛非常光滑。这些毛皮的剪裁还比较合体，除了领口、袖口和脚踝处，皮衣的毛都朝向内里的。他们的武器主要是木头棒子，这些木棒用一种显然非常沉重的黑木做成的，但其中也有一些人手里拿的是长矛，矛头设计有极为坚硬的燧石状物质。此外，还有一些投石器，四只独木舟的船底装满了鸡蛋大的黑石头。

等那帮人终于结束了长篇大论的训斥（因为他们那番含混快速的叫喊显然是在训斥我们）之后，他们之中一位看上去很像酋长的人便站到他所乘坐的那只独木舟的船头，开始打手势，让我们将小艇划到靠近他的区域去。但是，我们觉得最好还是要尽可能的和他们保持距离，毕竟他们的人数比我们整整多了四倍，于是就假装作看不懂他的手势。那酋长看出了我们的心思，便指挥另外三只独木舟停留在原处，他自己乘的那只则向我们划了过来。等独木舟靠近我们之后，他便纵身跳上了最大的那艘小艇，径自坐到了盖伊船长的身边，然后用手指着纵帆船，嘴里不住地重复着说："阿拉木—木！"以及"拉马——拉马！"于是我们便划着小艇向纵帆船驶去，那四只独木舟与我们隔着一小段距离，也尾随而来。

一靠近大船船舷，酋长便显得非常惊讶和高兴，他拍着手掌、大腿和胸部，并发出了刺耳的大笑声。他身后那帮家伙也和他一起兴奋起来，以至于在长达几分钟的时间里，喧嚣嘈杂之声震耳欲聋。等乱糟糟的声响逐渐平息下去之后，盖伊船长采取了必要的防范措施，下令将小艇和大船铰接在一起，然后设法让那位酋长（我们很快就得知他的名字叫太智）明白，我们一次只能允许不超过二十个他手下的人登上我们的大船。对于这样的安排他似乎很满意，随后他便向那几条独木舟发出了命令，一只独木舟接到命令后便驶上前来，其余的三只独木舟则停在约五十码外的地方。然后二十个野蛮人便登上了大船，他们一点都不见外地在甲板上四处走动，在绳具间爬上爬下，还怀着极大的好奇心打量着每一样东西。

很显然，他们之前没有见过任何白种人——因此似乎对白种人的肤色感到有些畏惧。他们以为“珍妮·盖伊号”是一件有生命的东西，因此小心翼翼地将自己手中的矛尖向上竖起，生怕伤了它。野蛮人参观大船时，酋长的一番举动使得我方船员感到十分好笑。当时我们的厨师正在厨房里劈柴，一不小心将斧子砍在了甲板上，砍出了一道深深的裂口。酋长马上冲过去，粗鲁地将厨师向旁边一推，开始半哭半嚎地高声嚷嚷起来，他以为纵帆船遭受了巨大的痛苦，因此想以此表达他对它的深切同情。他用手在那道裂口上拍打抚摸，还从旁边放着的一个桶里倒出海水来为它清洗。对于这样的愚昧无知我们大家事先都没有心理准备，而我则禁不住认为酋长这种愚昧无知的行为是在装疯卖傻。

当参观者们参观了甲板上的一切并充分满足了他们的好奇心之后，我们便让他们进入到了船舱之内，在那里，迎接他们的是极度的震惊。他们对于船舱里的一切所表现出来的惊奇之感让人无法用语言来形容，正是出于这种心情，他们在舱内四下走动时几乎鸦雀无声，仅仅偶尔会发出低声的惊叹。由于我们的枪支武器引起了他们的种种猜测，因此，我们便允许他们随意触摸，仔细观看。在我看来，他们当时对枪的真实用途是没有任何真正概念的，看到我们对枪支小心翼翼地轻拿轻放，看着我们密切注视着他们摆弄枪支时的一举一动，他们以为那些东西是某种崇拜物。而大炮则使他们更加感觉到不可思议。走近大炮时，他们都流露出敬畏之情，不过我们并没有让他们细看。主舱里挂着两面镜子，这使他们惊讶到了极点。太智酋长率先无意中走到了镜子跟前，他站在主舱中央．脸朝着一面镜子，背则朝着另一面镜子，起先他并没有注意到它们。可当他抬起目光从镜子里看到自己时，我感觉那个野蛮人吓得差点疯掉；等他想走开、却在转身时又从另一面镜子里看到自己时，我真担心他会当场被吓死。此后不管我们怎样劝说，他都绝对不愿意再朝镜子看一眼，而是一下子扑倒在地板上，用双手紧紧捂住自己的脸，直至我们强行将他拖上甲板时才松开。

全体野蛮人就这样二十人一次地分批参观完了大船，酋长则从头至尾一直被允许留在船上。我们并没有发现他们有任何偷窃的意图，他们走了之后船上也没丢失什么东西，整个参观期间他们都表现得十分友好。不过他们的某些举止让人觉得难以理解：例如，我们没法让他们靠近几样完全无害的东西——船帆、一只鸡蛋、一本翻开的书或一盆面粉。我们想努力弄清楚他们有什么可以用来与我们交易，却发现很难让他们弄明白我们的意思。不过令我们极其惊讶的是，这一群岛盛产体积庞大的加里帕戈龟，并且酋长的独木舟里就有一只。我们还看见一个野蛮人正贪婪地生吃着他手中拿着的一种海参。在这样的高纬度地区竟然存在着加里帕戈龟和海参，这显然是很一件不寻常的事情，这也促使盖伊船长想对该地区展开一番彻底的探索，希望能够从他的发现中大赚一笔。至于我自己，尽管也急于想要更进一步了解那些岛屿，但却更急迫地想继续航行，直至抵达南极。这几天的天气不错，可谁也说不准这样的好天气还能持续多久；而且，既然我们已到达了南纬 84°的位置，前方是一片没有冰冻的开阔海面，强有力的暗流以及和顺的风又都朝向南方，那么我实在没有耐心听取他们在这座小岛上作长时间逗留的建议，在我看来保证船员健康和补充燃料及新鲜食品根本就花费不了多少时间。于是我对船长说，我们完全可以在将来返航时再去探索该群岛，如果到时候海面出现了冰封，我们还可以在此过冬。最后，他接受了我的意见（出于某种连我自己也说不清道不明的原因，我已经开始对他颇具影响力了），我们决定，即便发现该地盛产海参，我们也将只在那里休整一个星期，在那之后就会尽快起航继续南行。为此我们做好了一切必要的准备，并在太智酋长的引导下驾驶“珍妮·盖伊”号安全地驶过了那圈暗礁，在离岸约一英里处抛下了锚，抛锚处位于该岛南岸一个美丽的海湾内，四周环绕着陆地，水深十英寻，海底是黑沙。该海湾的尽头处有三股水质很好的清泉（我们是这样被告知的），在那附近我们也看见了大量繁盛的树木。那四只独木舟也有礼貌地与我们保持着一段距离，随我们驶进了海湾。太智酋长则一直待在我们的船上，船一下锚之后，他便邀请我们随他上岸，去拜访他的位于该岛腹地的村子。盖伊船长接受了他的邀请；十个野蛮人留在船上当人质，我们一行十二个人准备随酋长上岛。我们小心翼翼地随身携带好武器，但并没有表现出任何对他们不信任的样子。为了以防万一，水手们将纵帆船上的大炮架起来伸出了炮孔，防攀网也从舷侧支出，还采取了其他一些妥善的防卫措施。船长向大副指示说，在我们一行人离开期间不得允许任何人上船，如果十二小时后还不见我们返回，就派那艘装备有一门旋转小炮的快艇沿岛前来寻找我们。

向这座岛的腹地每前进一步都使人不得不确信，我们正身处一个与迄今为止文明人所到过的任何地方都截然不同的所在。在这里，我们没有发现任何一样自己熟悉的东西：岛上的树木既不像热带、温带或北半球寒带的植物，也完全不同于我们前面所经过的南半球纬度更低的地区的树木。甚至就连岛上岩石的质量、色泽和层理也显得不同寻常；这里的溪流让人觉得颇为不可思议，与其他地区的溪流很少有相同之处，我们对于这种水是否真的可以饮用心存顾虑，实际上，我们很难使自己相信这些溪流中的水真是纯粹的氢氧化合物。当我们路过第一条小溪的时候，太智酋长和他手下的人停下来喝水。由于该处溪水看上去十分奇怪，我们以为是受了污染的脏水，因此都拒绝饮用；过了一会才明白，这座岛上所有的溪流都是如此。如果让我对这种液体给出一个清晰的定义，那我一定会茫然失措，也无法用三言两语便完成对它的描述。尽管它也像普通的水一样急速地向地势较低处流淌，但除了以瀑布的形式飞速溅落之外，它在任何时候看上去都不像普通的水那般透澈。然而实际上，它与任何石灰岩洞中的水一样是透明的，不同之处仅仅在于外观。初一看，尤其是在溪底没有很倾斜的坡度的情况下，这种水的浓度使它看上去很像是普通水与阿拉伯树胶的混合液体，但这还只是它众多奇异特征之中最普通的一个而已。它并非是没有颜色的，但却也不具有任何一种统一的颜色——肉眼看上去，它在流动时会呈现出深浅不同的紫色，就像一块流光溢彩的丝绸。这里的水的颜色竟然能够发生深浅变化，这在我们心中所引起的惊讶程度与太智酋长看见镜子时的那种震惊之感有得一比。我们从溪中舀起了一盆水，等水完全平静下来之后，便看出这种液体是由无数清晰的脉络所组成的，每一丝脉络都有着清晰的色调，脉络之间并不相互交融；自身粒子间黏聚力很强，相邻的脉络间的黏聚力则比较弱。用一把刀的刀锋横划过这些脉络，液体便立即将刀刃给淹没了，与普通水在这种情况之下的反应没有什么不同，将刀抽出液体时，水也一样马上合拢，没有任何刀锋曾经划过的痕迹。但是，如果将刀锋精确地插入两条脉络之间，那么水便真的会从中被分开，两部分各自的凝聚力不会让刀锋所形成的裂缝合拢。这种现象明确地构成了那个巨大魔链的第一环，而我则命中注定会被那根魔链所缠住。

第十九章

我们走了差不多三个小时才到达这群人的村子，那所村庄距离海岸至少有九英里远，一路上道路崎岖不平。我们在路上行走着，太智酋长之前带出去的队伍（独木舟上那一百一十个野蛮人）也在不断地壮大，因为在一些小路的转弯处总会有一些小分队加入我们的行列之中，有时候是两三个人，有时候是六七个人。看上去似乎并非刻意安排的，但渐渐地我发现这些偶然太有规律了，让人不禁心生疑窦，于是我将自己的忧虑告诉了盖伊船长。然而这时候想要返回到大船上去已经来不及了，我们别无选择，只能决定对太智酋长的诚意表示出绝对的信任才是最明智的举措。于是我们继续向前行走，但同时也边密切关注那些野蛮人队形的变动，防止他们插进来将我们的人分开。就这样，在穿过一个险峻的山谷之后，我们终于到达了那个村落，据说这是这座岛上唯一的村子。当该村落进入我们视线范围之内时，太智酋长开始不断大声地反复说："克罗克—克罗克"，我们猜想这可能是村落的名称，也可能是村落这个词语在他们语言中的表达方式。

这里村民们的住所十分简陋，入目一片凄凉。那些样式各异的栖身窝棚比人类所知的最不开化的种族所居住的窝棚条件还差。岛上有一些较重要的人物（这些人被称为"旺普"或"央普"），他们的住所是用一棵被砍掉一截的树和一张黑色兽皮搭起来的，树在离根四英尺处被砍去上部，然后剩下的树桩上再罩上一张硕大的兽皮，兽皮松松垮垮地一直垂到地面上，"旺普"或"央普"们便在兽皮下安身。有一些窝巢是用大树枝建成的，树枝上还挂着枯黄的叶子，树枝以45°角倾斜地搭在泥土壁上，没有固定的形式，一般有五六英尺高。还有一些住所甚至就是在地上垂直挖出来的洞穴而已，洞口用同样的树枝遮盖，主人进洞时会将树枝移开，进洞之后又将其重新盖上。有少数窝巢搭建在树干的分叉处，位于窝巢以上的树枝都被砍折，以便它们能够垂落下来形成遮风避雨的屏障。除此之外大多数住处都是一些又小又浅的窑洞，窑洞显然是在一种看上去像是漂白土的黑色岩壁上凿出的，村子的三面都环绕着这种陡峭的黑色岩壁。每一个这样的原始洞穴旁边都放着一小块岩石，主人离洞外出时会小心地将岩石放在洞口。我并不明白他们为什么要这样做，因为那些石块的大小连洞门的三分之一都挡不住。

这个村子——如果这地方可以被称为村子的话——位于一条幽深的山谷之中，只能从山谷的南面进入，其他所有方向的通道都被我之前所提到的陡峭岩壁给挡住了。山谷中间有一条小溪缓缓流过，溪水也是我前面描述过的那种神奇的水。我们在那些住所的四周见到了一些陌生的动物，它们看上去已经完全被驯化了。其中体积最大的一种动物在体形和口鼻方面都与我们通常所饲养的猪很相像，但有着一条毛茸茸的尾巴，四肢很细，有些像羚羊的腿，行动起来非常笨拙迟缓，我们一直都没有见过它们跑起来的样子。我们还注意到有几头形状与这种动物相似的动物，但它们的身体更长，而且身上都覆盖着黑色的软毛。村子里到处都可以看见各种各样的家禽跑来跑去，它们似乎是村民们的主要食物来源。令我们感到惊讶的是，家禽之中竟然还有完全被驯化了的黑色信天翁，它们会定期到海上觅食，但到了一定的时候会飞回到村子里，孵卵季节这些鸟儿则会飞到离村子最近的岛南面的海滩上去，在那儿与它们的朋友企鹅同住，但后者却从不跟着它们飞到村子里来。其他的家禽之中还有一种与我们的北美野鸭看上去极为相似的鸭子、一种黑色塘鹅、一种与红头美洲鹫相仿但却并不属于食肉类的大鸟。这片区域的鱼品种特别多。访问期间我们见到过大量晒干的鲑鳟角、石斑鱼、蓝蜞鳅、鲭鱼、隆头鱼、鳐鱼、鳗鱼、银鲛、鲻鱼、鳎鱼、鹦嘴鱼、鳞纯、鲂鳞、海鳕、鲆鱼，以及其他数不胜数的各种鱼类。我们还发现，大多数的鱼类与南纬51°线上奥克兰勋爵群岛附近海域里生长的鱼类十分相像。这里还有着数量众多的加里帕戈龟。但我们并没看见多少野生动物，为数不多的一些野生动物个头都不大，而且没有一种是我们所熟悉的。曾有一两条模样可怖的蛇从我们行走的道路上窜过，但这些野蛮人对此似乎并不怎么在意，因此我们想它们应该是没有毒性的。

我们跟随着太智酋长和他的队伍走进了村子，村里涌出一大群人前来迎接我们，他们高声喊叫着，我们所能听清的还是那不绝于耳的“阿拉木一木!”和“拉马—拉马!”我们极为惊奇地发现，这些村民之中，除了少数人之外，其余的人全都赤身裸体，兽皮衣看来是那些独木舟上的人的特权，他们似乎也拥有着整座岛上的武器，因为眼前的这些村民手中几乎看不见任何武器。人群之中有许多妇女儿童，那些女人绝不缺少世人口中所谓的人体美的种种特点。她们身材修长，体形匀称，有着文明社会里所找不到的那份优雅自在的韵味。但她们的嘴唇与岛上的男人们一样厚重笨拙，因此即使是笑的时候也绝对不会露出牙齿。她们的头发看上去比男人们的头发质地更好。在这群赤身裸体的村民当中，大约有十一二个人和太智酋长的手下一样，身上穿着黑色的兽皮，手里举着长矛木棍。这部分人在村民中似乎享有很大的权势，总是被人尊称为“旺普”，他们的住所也是那些黑皮树桩搭建而成的“宫殿”。太智酋长的宫殿坐落于村子的正中央，建造得比所有其他村民的住所都要更大更好。作为支柱的那棵树在离地约十二英尺处才被砍掉，而且剩下部分的顶端还留有几根枝丫，这些枝丫帮助顶篷向四周延伸，使兽皮不至于贴着树干垂下。顶篷的覆盖物是由用木针缝在一起的四张很大的兽皮做成，兽皮的四角也被木钉牢牢地钉在地上。顶篷下方的地面上铺着厚厚的一层干树叶当做地毯。

我们被隆重地领着进了这座帐篷，身后簇拥着无数的岛民。太智酋长在树叶上坐下，并示意我们也照着他的样子做。我们坐了下来，但很快，一种怪异感和不舒服感便油然而生，虽然还不能说是如坐针毡。我们十二个人席地而坐，另有四十个野蛮人紧紧围着挤坐在我们身边，一旦真的发生点冲突，我们连武器都没法使用，甚至连站起身来的时间都没有。不仅帐篷里挤得水泄不通，帐篷外也围满了黑压压的人群，我们怀疑是不是岛上所有的人都聚集到这里来了，幸亏太智酋长不断地挥手呼喊，人群才没有一拥而上，挤进来将我们踩成肉酱。我们主要的安全保障是酋长本人，而他就坐在我们中间，于是我们决定紧紧挨在他的身边，一旦发现对方表现出敌意，我们首先就将他干掉，然后大伙趁机逃离险境。

当人群好不容易安静下来之后，酋长开始对我们发表长篇大论的演讲，这番演讲听上去和我们刚遇见独木舟时那帮人所讲的差不多，只是“阿拉木—木”这个词现在比“拉马—拉马”出现得更为频繁，也更具有强调意味。我们一言不发地听着，直到他结束了这番长篇大论，然后，盖伊船长开始发言，他向酋长表示了我们永远不变的友情和诚挚的祝愿，还将几串蓝色的珠子和一柄折刀送给酋长作为礼物。令我们深感讶异的是，酋长对那些珠串表现出不屑一顾，但是对折刀却表现出了喜爱之情，他马上下令设宴款待客人。几名仆人将饭菜顶在头上送进了帐篷里，这些所谓的食物却是一堆还在蠕动的内脏，取自一种我们从未见过的动物，可能是我们刚进村口时所看见的那种细腿猪。酋长见我们面对食物不知所措，便率先开始进食，以便为我们示范，他津津有味地将猪肠一截一截吞咽下肚，见我们实在无法忍受、明显表现出恶心反胃的样子，他才停止了吞咽，脸上所流露出来的惊讶神色只比他在我们船上看到镜子时稍逊一点。我们拒绝享用摆在面前的美味，并竭力想让他明白我们压根就没有胃口，原因是在遇到他们之前我们刚刚饱餐了一顿。

等到酋长吃完饭之后，我们便开始想方设法地向他提问，希望能够弄明白这个地区主要生产些什么，以及那些物产是否能够让我们有利可图。最后他似乎明白了我们的意思，于是便应承陪我们一起去海边的一个地方，并向我们保证说那儿有多得数不清的海参（他边说边指给我们看那种软体动物的标本）。我们很高兴能够有机会尽快摆脱这群人的重重包围，便表达了想去海边看看的急切心情。于是我们离开了帐篷，在全村人的陪同下跟着酋长来到了离我们泊船之处不远的岛的南端。我们在岸上等了大约一个小时，才看见几个野蛮人将刚才出现过的那四只独木舟划到了我们面前。我们十二人上了一只独木舟，小舟沿着前面曾提到过的那圈暗礁向离岛更远的另一处岩礁划去，我们在岩礁丛间还真的看到了数不清的海参，我们中间年纪最大的那位水手在纬度更低、以盛产海参而闻名的群岛边也没见过这么大量的海参。我们在这些岩礁之间并没能逗留很长的时间，刚确定必要时可以轻松装满十二船海参，就被送回到了纵帆船边。太智酋长许诺说，他将在二十四小时内为我们送来自己的独木舟所能够运载的尽可能多的鸭子和加里帕戈龟，然后我们便告别回船了。在这次的整个冒险探访期间，除了在前往村子的路上，酋长的队伍曾有规律地逐渐壮大这一点之外，我们并没有看出这群土著人的行为有任何可疑之处。

第二十章

酋长兑现了自己的承诺，很快就为我们送来了大批的新鲜食物。我们发现，他们所送来的龟与我们所见过的最好的龟一样棒，而那些鸭子的肉则嫩多汁，味美可口，我们所吃过的最好的野禽味道与之相比还要稍逊一筹。我们又设法向那些野蛮人表达了一些其他的愿望，他们弄明白之后便又送来了许多褐芹和辣根菜，还有满满一独木舟的鲜鱼和干鱼。芹菜对于我们来说的确算得上是一种难得的美食，而辣根菜则对我们那几个出现坏血病症状的船员助益良多。在很短的时间内，船上的病号便全都康复了。我们还获得了许多其他的新鲜食品，其中值得一提的是一种软体动物，它看上去有点像贻贝，但吃起来却是牡蛎的味道。土著人还送来了大量的虾米与龙虾，以及为数众多的信天翁和其他禽类的黑壳蛋。我们还收到了大量前面曾经提到过的那种猪肉。船上大多数人都觉得那种猪肉味道不错，但我却觉得它有一股让人讨厌的鱼腥味。为了答谢土著人的慷慨馈赠，我们回赠给了他们蓝珠串项链、铜饰、钉子、折刀和一块块的红色布料，他们对于这样的交换非常开心。为了方便双方之间所进行的以物易物的交易，我们在船炮射程之内的海滩上设立了一个正规市场。从表面上来看，双方都充满着诚意，交易还算得上是井然有序，而之前我们在这些野蛮人所在的“克罗克—克罗克”村中所看到的一切并没有让我们对这类友好交易心存希望。

一连几天，我们与土著人之间就这样平静地相处着，在此期间，土著人经常结伴前来帆船上参观，而我们的船员也不时成群结队地上岸，远足深入到这座岛的腹地区域，并没有因此而受到任何骚扰。由于岛民们表现得相当友善，因此盖伊船长觉得可以让他们来帮助我们采集海参，于是他决定去同太智酋长协商，准备在岛边建造一些房屋，以便酋长和他的族人采集到尽可能多的海参之后，可以有地方储存；而船长本人则准备趁着天气晴朗，继续航行去完成既定的南极之旅。当船长向酋长提出此事时，他似乎很乐意接受这个建议。于是双方之间很快就达成了一项彼此都满意的协议，根据这项协议，完成诸如划定界限、建造部分房屋以及其他一些需要我们全体船员共同完成的任务之后，纵帆船将起航继续向南前行，只留下三个人在岛上监督建造计划的实施，并指导土著人烘晒采集来的海参。至于具体的交换条件，则视我们离去期间土著人们努力的结果而定。等我们返航归来之时，他们加工好的每担海参都将换到一定量的蓝珠串项链、折叠小刀以及红色布料等物品。

这种让商人们趋之若鹜的名贵海产品的特征及它的加工方法

也许会引起读者们的几分兴趣，而我再也找不到比此时此刻更为合适的机会向大家介绍一番有关海参的描述了。以下这段描写详尽的文字摘自于一部关于南半球海域探险的现代航行史。

“在海产品贸易中，人们习惯用法语称这种产于印度洋诸海的软体动物为 bouche de mer（来自于海洋的美味）。如果我没弄错的话，著名动物学家居维叶认为它是‘腹足纲类软体动物’。人们在太平洋诸岛屿也可以采集到大量这种软体动物，采集而来的海参主要是输送到中国市场，因为在那里可以卖到不错的价钱，其售价之高或许可以媲美为中国人所津津乐道的燕窝，而燕窝可能就是某种燕类使用从这种软体动物体内叼衔出来的胶状物所筑成的巢。这种软体动物没有壳也没有腿，除了吸收器官和分泌器官之外，并没有其他明显的器官；但它们凭借着伸缩灵活的触手，可以像毛毛虫或蠕虫一样爬到浅水区域，如此一来在退潮的时候燕类就会看见它们，燕会将自己的尖喙插入这种软体动物柔软的身体内，衔出含有胶质的丝状物质，这种物质放干之后便可用于筑造燕巢坚固的巢壁。正是因为具有上述生理特征，因此海参被称为‘腹足纲软体动物’。”

“这种软体动物呈椭圆形，个头有大有小，体长约在三英寸到十八英寸之间，我曾经见过一些体长不下两英尺的；它们的身体几乎为圆形，贴近海底那一面稍显扁平；厚度通常为一英寸至八英寸。一年当中的特定季节它们会爬到浅水区，这也许是出于交配繁殖之需，因为我们常常发现它们成双成对地出现。当阳光直射水面并使水温升高之时，它们便会爬到接近海岸的区域；由于它们经常会进入很浅的水域，因此碰上退潮便可能会被滞留在那里，暴露于烈日阳光之下被晒干。不过它们从来不会将幼崽带到浅水区域，因为我们从来没在浅水中发现过海参幼崽的踪迹，倒是成熟的海参经常会从深水处爬上来。它们的食物主要是能够制造珊瑚的植物形动物。”

“人们通常可以在三四英尺深的水下采集到海参，之后会将它们运上岸，用刀将其一端切开，切口最好为一英寸或更长一点，具体视海参的大小而定。海参的内脏将被从这个切口处挤出来，其形状与深水小动物的内脏极为相似。完成上述工作之后，再将参体洗干净，放入锅中加水煮，这个过程之中必须注意控制好火候。等煮到一定程度时，再将它们在土中埋上四个小时，接着再次放入锅中稍煮片刻，然后用火烘或日晒的方法进行脱水处理。晒干后的海参更值钱，但晒干一担（1331/3 磅）海参所耗费的成本可供烘干三十担海参。海参按照正确的方法加工成为干制品之后，便可以在干燥处保质存放两至三年的时间；不过每隔几个月必须开仓检查一番，例如一年检查四次，看看它们是否受潮。”

“之前已经提及，中国人视海参为一种珍贵的营养品，认为它具有强身健体、滋补元神的神奇作用，能帮助恢复纵欲过度而致虚空的身体。上等海参在广州售价极高，每担可卖到九十美元；二等海参每担售价七十五美元；三等海参每担五十美元；四等海参每担三十美元；五等海参每担二十美元；六等海参每担十二美元；七等海参每担八美元；八等海参每担四美元。对于小批量的这类商品来讲，在马尼拉、新加坡和巴达维亚往往能获得更丰厚的利润。”

双方之间达成协议之后，我们便立刻将平整地基和搭建房屋所需要的工具和材料搬上岸去。我们选中了靠近海湾东岸、有着大量树木和充足淡水的一大块平地，从这里前往采集海参的主要礁群也相当方便。一切准备就绪之后，我们便劲头十足地开始干活，令岛上的野蛮人感到惊讶万分的是，我们很快便砍好了足够多的树木，然后将它们快速整理好，准备用来建造房屋的框架。至此，我们觉得剩下的活完全可以交给留下的那三个人去完成。留下来的三个人是约翰·卡森、阿尔弗雷德·哈里斯和彼得森(我认为他们全都是伦敦人)，他们是自愿留在这座岛上的。

当月的最后一天，我们已做好了出发前的一切准备工作。但我们曾许诺过要去村子里进行一次正式的告别访问，太智酋长也很坚持地让我们遵守承诺，我们觉得冒着惹怒他的危险拒绝前去拜访是一件不明智的事情。我相信，当时我们之中没有人会怀疑那些野蛮人的诚意。他们所有人的举止行为一直都恪守礼仪，帮我们干活时显得既快乐又敏捷，还时不时无偿地给我们送来各种各样的食物，而且在任何情况下，他们之中从来都没有人偷过我们任何一件东西，尽管在他们的眼中，我们船上装载的那些货物都具有非常高的价值——这从他们收到我们回赠的礼物时所表现出来的欣喜若狂之情中便可见一斑。当地的女人们在各方面也都表现得热情体贴。总而言之，在当时那种情形之下，如果我们对那些以如此友好态度待我们的人抱有丝毫怀疑的话，我们可能才是人类中最不值得信任的族类了。但是，用不了多久，我们就会发现这种表面上的善良、守礼不过是他们精心谋划、准备消灭我们的计划的一部分，我们给予真诚尊重的那些岛民，原来竟然是玷污了这颗星球的那些败类之中最残忍、最狡诈、最嗜血的一群。

2 月 1 日，那天，我们上岸前往村子里拜访当地人，向他们做临行前的告别。尽管之前已经讲过，我们并没有对那些土著人抱有丝毫怀疑，但出于谨慎，我们还是做了些适当的安排。我们留下了六个人看守大船，让他们在大部队离船期间一直待在甲板上，不许任何野蛮人以任何借口靠近。大家还张起了防攀网，往大炮里填装了双倍的榴霰弹，旋炮的滑膛霰弹也全部都上了膛。大船的锚链垂直地泊在离岸约一英里的海面，故而一旦有独木舟企图从任何一个方向接近它，都免不了会被发现且立即暴露在旋炮的火力射程之内。

除了留在船上的六个人之外，我们上岸准备前往土著人村庄的一共是三十二人。每个人都全副武装，身上配备着滑膛枪、手枪和单刃剑，此外每人都随身携带着一把长长的水手刀，这种刀在某种程度上有点像今天西部和南部地区普遍使用的猎刀。一百名皮肤黝黑的武士站立在岸边迎接我们，陪我们一同进村。但是，我们惊讶地注意到他们这次全都没有携带任何武器。出于好奇，我们问太智酋长问什么他们不带武器，酋长只是回答说“Mattee non we pa pa si”——意思是“都是兄弟无需刀枪”。我们基本上相信了他的说辞，随他们一起上路。

我们途径了前面提到过的那股泉水和那条小溪，正在进入一条狭窄的山谷，这条山谷穿过一连串的皂石山脉，而当地人的村落就坐落在这些皂石山丘间。山谷多岩石，道路崎岖不平，我们上次去“克罗克一克罗克”村时就费了不少力气。山谷全长大约一英里半左右，也许是两英里，山道四下里都是蜿蜒曲折的（显然很久之前这曾经是一条水流湍急的山涧），我们至多走上二十码远就会出现一个急转弯。山谷两边的山岭平均垂直高度有七八十英尺高，对此我非常确定。而在某些地段，山岭更是高得惊人，以至于几乎完全遮蔽了日光，使谷底显得幽暗不明。谷底的宽度一般大约为四十英尺，有的地方非常狭窄，仅能容五六个人并肩而行。总而言之，再也找不到比那里更为理想的伏击地点了，因此一走进山谷我们都条件反射地握紧了自己手中的武器。

现在回想起来，我们当时真是异乎寻常的愚蠢，最令人惊讶的是我们竟敢完全将自己置于那些知之甚少的野蛮人的控制之下，在山谷中前行时竟让他们将我们前后夹在中间。然而我们当时糊里糊涂地就形成了那种队形，因为我们愚蠢地相信自己的力量，认为酋长和他的手下人都赤手空拳、不足为虑，相信我们的武器具有充分的杀伤力（那些土著人当时还不了解这些武器的威力）；更重要的是，我们愚蠢地相信了那些卑鄙的坏蛋们很长一段时间以来一直伪装出的虚伪情谊。他们之中有五六个人走在队伍的最前面，似乎是在为我们开路，还不时地忙着搬开路面上的大石头和垃圾，其举止有些刻意明显。我们的人紧紧跟随在这几个人身后。当时我们相互之间保持着紧凑的距离，以防被他们分开。走在我们身后的是土著人的大部队，当时他们的纪律异乎寻常地有序森严，而神态也显得少有的庄重。

德克·彼得斯、一个名叫威尔迹·艾伦的船员和我一起走在我们自己人队伍的右侧，边走边打量着悬在我们头顶上的那些峭壁的奇特纹理。质地松软的岩壁上的一条裂缝吸引了我们的注意。那条裂缝的宽度可容一个人轻松自如地钻进去，缝隙一直朝着山体内延伸了大约有二十英尺的样子，然后又向左边斜插出去。就我们从谷底仰望所能够看见的深度来说，那条裂缝也许有六七十英尺高，当中生长着一两丛矮小的灌木，灌木枝上结着一种貌似榛子的坚果。见此情景，突如其来的好奇心让我想去一探究竟，于是便快步冲向那道裂缝，一把揪下了五六个坚果，之后便匆匆后退。我一转身，发现彼得斯和艾伦也跟在后面进了裂缝。我让他们回去，因为裂缝中容不下两人并肩通过，我还答应与他们一起分享我所采摘到的坚果。于是他二人便回身向外走去。就在艾伦接近出口之时，我突然感觉到了一阵巨大的震动，这种震动之前我从未曾经历过，如果当时我还能思考些什么的话，那阵震动使我模模糊糊地意识到，坚固的大地突然开裂了，世界末日即将到来。

第二十一章

刚一回过神，我就觉得自己快要窒息了，然后发现自己趴在松软的泥土中，周围一片漆黑。土块还在不停地自四面八方掉落，重重地砸在我身上，似乎有将我整个活埋的危险。一想到自己会被活埋，我便感到极度惊恐，拼命地想爬起来，最后终于挣扎着站了起来。我一动不动地站了一会儿，竭力想要弄清楚究竟发生了什么事情以及自己现在身处何方。不一会儿，我耳边传来了一声微弱的呻吟声，接着又听见彼得斯压抑的声音，祈求上帝保佑并让我赶紧帮帮他。我朝着他出声的方向踉跄地走了两步，正好跌倒撞在我朋友的头和肩部那一块。我很快便发现，松软的泥土已经掩埋了他的半截身子，他正在拼命挣扎着想要脱身出来。于是我使出全身的力气去挖掘他周围的土，最后终于把他救了出来。

等到彼得斯和我惊魂稍定、相互之间能够理智地进行交流时，我俩便立刻断定，我们钻进去的这条裂缝的岩壁由于自然震动或者自身重力的缘故，突然坍塌形成了洞穴，如此一来我们就被活埋、永远也无法再重见天日了。在此后很长的一段时间里，我和彼得斯感到心灰意冷，完全沉浸在痛苦与绝望之中，没有经历过类似情景的人根本无法想象出那种痛苦和绝望有多么强烈。我坚定不移地相信，人类所经历过的那些灾难之中没有一种灾难所带来的痛苦能比得上我们被活埋时所引起的灵魂上和肉体上的双重极度痛苦。被活埋的人周遭一片黑暗，肺部承受着巨大压力，鼻子里充斥着潮湿的泥土发出的令人窒息的气味，心里满是无望获救、难逃一死的可怕念头，这一切足以使人心里产生令人难以忍受的惊恐之情——简直无法想象。

最后彼得斯提议说我们应当尽力弄明白这场灾难到底有多么严重，最好把囚禁我们的这个牢笼四下摸索一番，尽管逃生的希望很渺茫，但还是存在找到出路的可能。我急切地抓住这一丝希望，挣扎着站起身来，试图在松软的泥土中迈步行走。刚向前挪了步，我就看到了一丝光亮，这足以使我相信我们无论如何都不会马上被闷死在这里。我和彼得斯稍稍振作了精神，并相互鼓励对方不要悲观。我们朝着有光亮的方向爬去，爬过一堆挡住去路的烂泥土后，发现往前走已经变得不再那么困难了，刚才使我们感到极为难受的胸闷也稍稍减轻了些。不一会儿，我们已经能够看清周遭的事物，并发现自己已经接近岩缝通道的尽头，岩缝在那个地方向左偏转而去。我们又奋力往前爬行了几步，到达拐弯处之后，发现那里有一条长长的小裂缝向上延伸，这不禁使我们大喜过望。裂缝岩壁的坡度大约为45°，但有些地方又显得尤为陡峭。我们当时并没有看见裂缝的出口，但透过裂缝射进来了大量的日光，这使我们毫不怀疑地坚信，在裂缝顶端（如果我们能够顺利爬到顶端的话）一定有开阔的通道通往地面。

这时我忽然想到，刚才从山谷进入岩缝的一共有三个人，除了我们之外还有艾伦，但现在他却不知下落。于是我和彼得斯马上决定返回通道去找寻我们的同伴。我们冒着头顶上的土层还会继续塌陷的危险，四下里搜寻了很长时间，最后彼得斯大声地告诉我说他摸到了艾伦的脚，但后者全身都已经被深深埋在泥土之中，即使挖出来也肯定没有了生存的希望。我很快便发现彼得斯所说的一点都不错，我们的伙伴已死去多时了。我们只好悲伤地将那具尸体留在原处，然后又摸索着回到先前到过的那个拐角。

这道小裂缝的宽度仅容我们的身体钻过，但两次向上攀援的尝试都以失败告终，这使我们再度陷入绝望。之前我曾说过，山谷中的那些山是由一种像皂石般的软性岩石所构成的，我们现在试图攀登的裂缝的四周也都是同样的岩质，潮湿的裂缝岩壁极其滑溜，即使在坡度最平缓的地方我们也很难稳稳地站立，至于那些陡峭得几乎与地面垂直的地方当然就更难攀登了。事实上，我们曾一度认为不可能从那里爬上去。不过，我们还是在绝望中鼓起了勇气，用随身携带的小刀在软质岩壁上挖出立足点，冒着生命危险抓住几处从岩壁突出来的硬质板岩的边角，最后终于爬到了一个天然平台之上。这座平台连着一条树木葱茏的山沟，山沟尽头可望见一小片蓝天。此时，我们得以从容地回头打量刚刚爬过的那条通道，从岩壁表面可以清楚地看出，这条通道是最近形成的，我们可以肯定的是，不管那场突如其来的震动是怎么回事，它在堵死岩缝的同时又为我们开辟了这条生路。可是，刚才的一番攀援已经让我们筋疲力尽，事实上，我们当时累得几乎站立不稳，甚至没办法连贯地讲话，所以彼得斯建议用枪声召唤我们的同伴赶来援救（那时手枪还别在我们腰间，但滑膛枪和单刃剑早已被裂缝下的泥土所掩埋）。后来的情况证明，当时如果我们真的开了枪，那势必将后悔莫及；不过幸运的是，那一刻我心中隐隐约约地对那些野蛮人产生了怀疑，所以我们决定不让他们知道我们的行踪去向。

大约休息了一个小时之后，我和彼得斯开始慢慢地朝着山沟尽头爬去，还没爬出多远就听见了阵阵可怕的喊叫声。最后我们终于爬到了移除或许可以被称之为地面的地方，我之所以这样讲是因为从平台开始，我们所爬行过的通道都处于一个由高悬的岩石和繁茂的枝叶所构成的拱顶之下。我们小心翼翼、颇为艰难地爬到了一个狭窄的缝隙口旁边，从缝隙口看出去，周围的情况清晰在目，只看了一眼，我们便立刻恍然大悟，有关那场震动的可怕谜团一下子就被解开了。

我们向外张望的那个缝隙口离皂石群山的最高峰并不太远，缝隙口左边五十英尺外就是之前我们一行三十二个人进山时所经过的那条山谷。可现在，山谷中至少有一百码长的通道（或者说谷底）已经完全被凭人力扔下的泥石所填满，那堆乱石烂泥足足有上百万吨之多。但是，将如此之多的泥石掀进谷底却并不用费太多精力，这场谋杀行动留下了明显的痕迹证明了这一点。沿山谷东面山脊的崖顶（我们此时位于西面山脊的崖顶）可以看见好几根人为打进土里的木桩子。木桩所立之处的岩壁没有坍塌，但沿着整个已坍塌的峭壁表面可清晰地看到一排类似于爆破手打炮眼时留下的痕迹，这表明那些地方曾被打入过，我们现在所看见的那种木桩子。每两根木桩之间相隔不超过一码，木桩绵延的总长度大约有三百英尺，都打在离崖顶边缘约十英尺处。残留在崖顶的木桩上还系着用葡萄藤拧成的粗绳，显而易见，这种粗绳也曾系于其他的每一根木桩之上。之前我已经解释过皂石山岩的奇特层理，正是这种层理造成了那条帮助我们死里逃生的又窄又深的岩缝，而我对岩缝的描述也许能够帮助读者进一步去想象那种岩层的性质。这种岩层一旦经受自然震动，就会顺着一层层平行的纹理垂直裂开，然而人工造成的一定程度的震动也足以引起同样的后果。那些土著人正是利用了这种岩层来实现他们背信弃义、谋财害命的目的。毫无疑问，那些野蛮人正是利用那长长的一排木桩，拉下了大约两三英尺深的崖顶岩壁。行动时他们只须依照信号同时拉动每一根绳索（这些绳子都系在木桩顶端，自峭壁边缘向后拉伸)，杠杆作用所产生的巨大力量便能将整个崖顶表层掀下山谷。至此，我们那三十名同伴的命运现在已不难想象了。只有我和彼得斯逃脱了那场毁灭性的灾难。我们现在是这座岛上唯一活着的两个白人。

第二十二章

现在看来，我和彼得斯此刻的处境并不比当时认为自己已被活埋时的情况好多少。除了被野蛮人杀死、或是落到他们手里过着悲惨的俘虏生活之外，我们眼前并无其他生路可言。诚然，我们也可以在偏僻的山间躲藏一阵，最后实在无路可走了还可以退回到我们刚爬出来的那条岩缝之中去。但那样一来，我们要么是在极地漫长的寒冬中活活被饿死、冻死，要么就是在试图获取补给时被土著人发现。

在我们的四周，似乎到处都有成群结队的野蛮人，我们还看见许多野蛮人正乘着平底木筏从其他岛屿向这座岛南边的海湾驶来，其目的毫无疑问是准备帮助酋长一伙抢夺并掳掠“珍妮·盖伊”号。那艘大船此时仍静静地泊在海湾内，留守在船上的人显然还没意识到危险正在悄然临近。在这种时刻，我们多么希望能够和他们在一起！无论是帮助他们一同逃命，还是与他们并肩作战都好过困在这里。但我们甚至连给他们发警报的机会也没有，因为一旦这么做，我们自己就会立刻丧命，并且发出警告对他们来讲也未必有多大好处。开枪示警也许可以使他们意识到岛上出了事，但却无法告诉他们眼下唯一的活路就是立刻将船驶出海湾；枪声也不可能让他们明白，此时他们已不用受任何信誉原则的约束，更不可能让他们知晓自己的伙伴已几乎全部丧生。即便听到枪声，他们也不可能联想到要做更加充分的准备，以便抵抗正要向他们发起进攻的敌人，因为他们早就已经准备好了，而且时时刻刻都在准备着。所以鸣枪示警只会有百害而无一利。于是，经过反复思量之后，我和彼得斯终于忍住了没有开枪。

接着，我们又试图冲到海滩上去夺下停在海湾尽头的四只独木舟中的一只，并奋力拼杀出一条血路回到大船上。但我们很快便清楚地意识到，这种孤注一掷的冒险根本不存在成功的可能性。正如我刚才所说，现在岛上到处都是野蛮人，他们正躲藏在灌木丛中和山背后，以避免被大船上的人发现。特别值得注意的是太智酋长亲自率领了所有的黑皮肤武士潜伏在我们附近，刚好拦在我们通往独木舟停靠之处的必经之路上，他们显然是在等待援军到来，援军一到就会向“珍妮·盖伊”号发起进攻。此外，停在海湾尽头的那四只独木舟上也有一些野蛮人，虽然他们手中没有握着武器，但毫无疑问的是他们身边肯定有武器。因此尽管我们心里非常着急想到大船上去，但却只能躲在隐蔽的地方，眼睁睁地等待随即发生的那场血战的到来。

大约半个小时之后，我们看见六七十只装满了野蛮人的木筏子（或者说平底船）——和许多装有桨架的独木舟绕道向“珍妮

·盖伊”号停泊的南湾驶来。船上的野蛮人除了手中所握的短棒和船底的石块之外，似乎并没有携带其他的武器。紧接着，一支规模更为庞大的船队从相反的方向也朝着这边驶来，船上的野蛮人的装备大同小异。与此同时，那四只独木舟里也挤满了从岸上、灌木丛中跳出来的土著人，然后小舟飞快地划离岸边，加入了进攻的行列。就这样，一眨眼工夫，就像变魔术似的，“珍妮·盖伊”号就被大量涌来的岛民们给团团围住了。很显然，那些亡命之徒想要不惜任何代价夺取我们的船。

他们最后肯定会成功，这一点是毋庸置疑的。我们留在船上的那六个人即便再坚决地抵抗也无法操纵那么多门火炮，敌我众寡悬殊得厉害，他们几个无论如何也没办法打赢众多的野蛮人。我无法想象船上的六个同伴真的会进行抵抗，但我错了，因为我很快就看见他们努力将右舷的舷炮瞄准了那些独木舟，当时独木舟已经驶进了枪支射程范围之内，那些平底船则在位于上风处差不多四分之一英里之外。但处于一些不明的原因，很可能是因为我们那些可怜的朋友目睹形势如此绝望而过分紧张，船上右舷炮的轰击完全没有起到应有的效果，既没有击中一只独木舟，也没有炸伤一个野蛮人，炮弹全部从他们头顶上飞过去。唯一的效果就是火器所发出的突如其来的巨响和浓烟把他们吓了一大跳，使他们一时之间变得惊恐慌乱，我差点认为他们会放弃进攻企图并撤回岸上去。如果船上的人用小炮向敌人开火，说不定还真能打退这次进攻，因为当时独木舟离帆船很近，小炮的轰击应当更为行之有效，至少也可以让那些独木舟上的野蛮人心生惧怕，不敢继续靠近，如此一来，船上的人就能从容地用左舷大炮向平底船开火。但是，我们的同伴并没有用小炮轰击，反而匆匆跑向左舷，这就让独木舟上的那些家伙们获得了喘息之机，使他们从之前的惊恐中回过神来，他们相互看看，发现谁都没有受伤。

左舷炮的轰击效果十分可怕。双头榴霰弹将七八只平底船炸成了碎片，约摸有三四十个野蛮人当场丧命，至少有上百人受伤落水，其中大部分人伤势严重，剩下的也全都吓得魂飞魄散，顾不上拉起那些正在水中拼命挣扎、鬼哭狼嚎地喊救命的同伙，赶紧调转船头仓皇撤退。但是，这场伟大的胜利来得太迟，已然来不及拯救我们船上那几位忠诚的同伴了。帆船上已经满布了从独木舟爬上来的一百五十多名野蛮人，他们之中的大部分甚至在左舷炮点火前就已经抓着锚链爬了上来，成功翻越了防攀网。现在没有什么可以阻挡这些野蛮人野性大发了，我们的那几位伙伴立刻被打倒、被野人践踏在脚下，转瞬之间便被完全撕成了碎片。

目睹这一幕，平底船上的野蛮人也不再害怕，他们纷纷涌回来参与抢掠。在不到五分钟的时间里，“珍妮·盖伊”号就被糟蹋得面目全非。甲板被劈砍得千疮百孔，绳索、帆篷及甲板上每一件可移动的东西都以不可思议的速度被捣毁；与此同时，几只独木舟前面拽着后面推着，加上数以千计的野蛮人跳进水中将大船团团围住一起使劲，终于将帆船弄上了岸（锚链早已被解掉），并将它交给了太智酋长的人。这位酋长在战争发生期间就像一名深谙战事的将军，一直躲在山上安全的地方观战，不过现在由于已经心满意足地看着同类取得了战斗的胜利，他也就不再摆架子了，带着他那队黑皮肤武士下山参与战利品的分配。

太智酋长下山之后，我们终于可以走出藏身之所，到裂缝口周围区域去察看那座山的情况。我们在离裂缝口五十码之处发现了一股涓细的泉水，由此，当时折磨我们已久的干渴感终于得以消除。在距离这股泉水不远的地方，我们又发现了几丛之前曾经提到过的那种类似于榛子的灌木，我们尝了一下枝上结的果实，觉得可以食用，那坚果的味道与普通的英国榛子相差无几。我们立马动手摘了满满两帽子这种坚果，送回岩缝口之后又再次返身回去继续采摘。就在我们忙着采摘野果时，灌木丛中传来的一阵沙沙声引起了我们的警觉。我们正想偷偷溜回藏身之处，只见一只貌似野鸡的黑色大鸟扑腾着翅膀，缓慢地从灌木丛中探出了身子。我当时由于吃惊因而不知所措，但彼得斯却镇静得多，他纵身扑过去，没等它逃走就一把抓住了它的脖子。黑鸟拼命地挣扎着，嘴里还发出尖厉的啼叫，我们想过要将它放走，因为害怕那叫声会惊动也许仍旧潜伏在附近的野蛮人，但最后还是拔出水手刀捅过去，让它停止了挣扎。随后我们把这只鸟拖进了山沟里。一切妥当之后，我们为自己感到庆幸，因为不管怎么讲，我们总算弄到了足够维持一个星期的食物。

接着，我们又出去开始再次四下里搜寻，并冒险顺着南面山坡往山下走了相当远的一段距离，但却再也没找到别的可供食用的东西。无奈之下，我们就拾回了一大捆干柴。这时，有一两队土著人正扛着从船上抢来的东西往村子里面走去，我们担心他们经过那座山下时会发现我们，便匆匆返回裂缝口。

下一步，我们所关心的是如何使藏身之处尽可能地隐蔽。为此我们找来了一些树枝，遮住了前面所说过的那个豁口，就是之前我们从岩缝深处爬上平台时能够看见一小片蓝天的那道山沟的尽头处。我们只留下了一个小孔，大小足以让我们能够看见海湾，但又不会存在被山下人发现的危险。完成上面这些工作之后，我们极为庆幸自己的藏身之所十分安全，因为只要待在这条山沟里、不冒险到外面山坡上去的话，我们就没有暴露行踪的危险。在我们藏身的这条连着岩石裂缝的山沟里，并没有发现任何野蛮人出没的痕迹，但是一想到我们起初爬进山沟的那条岩缝很有可能仅仅是因山体震动而新进形成的、想到极有可能再没有别的途径与这道深沟相连，即便不存在被野蛮人发现并残害的危险，我们也很难再开心起来，因为我们担心或许根本就找不到下山的路径。我们决定一有机会就对这座山顶进行一番彻底的勘察；同时，我们还随时通过那个洞口观察着野蛮人的动静。

这时他们已彻底砸烂了那条帆船，正在准备放火将其付之一炬。不久之后，我和彼得斯就看到一大团浓烟从主舱口冒出来，紧接着，一大团火苗便从前舱窜出，绳具、桅杆和残存的帆篷立刻被火焰所吞噬，大火很快就蔓延到了整个甲板。但还是有许多野蛮人围在船边，用石块、斧子和炮弹敲打着船体上的螺钉以及其他铁质和铜质的部件。这时，除了一些带着战利品返回附近岛屿上的村子的野蛮人之外，帆船周围的海滩上、独木舟上和平底船上至少还有一万多名野蛮人。我们预感到他们即将大祸临头，果然不出所料。首先传来的是一阵非常强烈的震动感（我们在藏身之处也觉得仿佛遭到了轻微的电击一般），但此时还未出现任何可见的爆炸迹象。那些野蛮人很显然惊呆了，因为他们这会都停止了敲打和呐喊。他们回过神之后正要准备重新开始刚才的破坏活动时，帆船甲板上突然升起一大团浓烟，看上去很像一团黑压压的雷雨云；紧接着，似乎是从船头猛地蹿起一条高达四分之一英里的熊熊火柱，火柱一出现便立刻向四下里狂猛扩散，像变魔术似的，转瞬之间大船上空便满是飞舞的木头和金属碎片，其中还有人体的残肢断臂。最后到来的才是那阵最猛烈的震动，震得我们连站都站不稳，群山之间处处回荡着那声惊天动地的巨响，残片碎屑从四面八方像雨点般地掉落在我们周围。

这次爆炸对那些野蛮人的影响和震慑远远超出了我们的预想，那些野蛮人这下算是好好品尝了一番背信弃义的恶果。可能有一千人当场被炸死，此外还有至少相同数量的野蛮人被炸得血肉模糊，肢体不全。整个海湾里都漂满了那些卑鄙小人，他们有的拼命挣扎，有的已经溺毙，岸上的情况则更是惨不忍睹。看起来，这场突如其来、彻头彻尾的打击已经让他们吓得灵魂出窍，以至于谁也没有开展相互救助的行为。随后我们注意到，他们的行为突然发生了极大的变化，他们似乎同时从绝对的呆滞状态中清醒了过来，进入了一种异常兴奋的状态，一起疯狂地围着海滩上的某一点来回冲撞，脸上流露出的神情里夹杂着恐惧、愤怒和极度的好奇，一起歇斯底里地呼喊着："特克力——力！特克力——力！"

过了不一会儿，我和彼得斯看见一群人跑进山里，他们很快便又扛着许多木桩回到了海滩上。他们将木桩扛到人群最密集的那块区域，人群纷纷闪开为这些人让路，如此一来，我们得以看清那个令他们兴奋的东西到底是什么。开始，我们只看见地上有一团白乎乎的东西，却没有马上认出那到底是什么，后来我们终于看清那原来就是我们的帆船于 1 月 18 日从海里捞起的那具有着红色牙齿和红色爪子的怪兽尸体。盖伊船长曾将这具尸体保存起来，打算把它剥制成标本带回英国去。我记得，就在到达这座岛屿之前，他还特定就此事给出了一些指示，后来，怪兽的尸身便被搬进舱内，存放在一个贮藏柜里。刚才那场大爆炸将这头怪兽抛上了海滩，但是我们不明白为什么它会在野蛮人中间造成如此之大的影响。尽管那些土著人全都成群成群地围在距离那具野兽尸体并不太远的地方，但看上去似乎谁也不愿意离那野兽太近。那些搬来木桩的家伙没花多大工夫就把木桩打进了土中，将那头怪兽的尸体团团围住，木围栏刚一建好，所有的野蛮人就像潮水一般向岛屿的腹地涌去，一边奔跑一边呼喊着"特克力——力！特克力——力！"

第二十三章

接下来的六七天时间里，我和彼得斯一直待在山上的藏身之所里，只是偶尔会谨慎万分地出去找点水和榛果果腹。我们在平台上搭起了一个棚子，棚子里铺了一层干树叶，支起三块扁平的石头，既可以用来当火炉又可以当桌子。我们摩擦着一软一硬的两块干燥的木头，没费多大力气便可以生好火。我们不失时机地捕获的那只鸟虽说肉质嚼起来颇为费劲，但味道倒是还不错。它不是海鸟，而是一种野鸡，羽毛呈现出一种灰黑相间的色彩，翅膀与身子相比显得很小。后来我们在山沟附近又看见过三四只那种野鸡，它们显然是来寻找那只被我们捕获的同类的，但由于它们一直没有落到地面上，因此我们没有机会捉住它们。

有鸟肉吃的日子里我们并没有觉得自己所处的境况不堪忍受，但是现在鸟肉已经吃光了，于是寻找新的食物就成为了绝对的必须之举。那种榛果不仅不能够填饱肚子，还害得我们肚子痛，吃得太多的话还会引起剧烈头痛。我们发现，山下东边靠近海湾的地方有几只很大的海龟，我们也明白，那几只龟可能无需太费力便能捕获，前提是不被土著人发现。于是我和彼得斯便决定设法下山。我们是从南面山坡开始尝试的，因为那里地势看上去最平缓，但正如我们曾经根据山貌所预料的那样，朝下还没走到一百码远就被一条峡谷挡住了去路，这是埋葬了我们那些伙伴的那条山谷的分支。我们绕着这条峡谷边缘走了约四分之一英里远，又一道陡峭的绝壁横亘在我们脚下，绝壁的边缘无法行走，我们只好退回藏身的山沟之中。

然后，我们朝东边继续尝试，但结果与南边大同小异。我和彼得斯冒着摔断脖子的危险爬了一小时之后，发现只不过是来到了一个黑色花岗岩的深谷之内，谷底铺着一层细细的粉末，深谷唯一的出口就是我们下去时所经过的那条崎岖小径。我们沿着这条小道艰难地爬行着，开始勘察山的北面。在这里我们必须万分小心，一不留神就有可能会被村子里的野蛮人发现。因此我们手膝着地，慢慢爬着，偶尔还要伸直四肢趴在地上，抓着灌木枝拉扯着身体前进。就这样，我们小心翼翼地爬行，但是没爬多远便又被一条裂缝挡住了去路，这条裂缝比我们之前遇见过的那几条裂缝更深，一直通向那个大山谷。如此一来，我们的担心便被完全证实了：我们根本没有办法找到下山的路。这次查探使我们俩人精疲力竭，我们尽量抄近路返回到平台上，一头倒在干树叶铺成的床上好好地睡了几个小时。

由于探路毫无结果，我们只得又花了几天的时间搜遍了山顶的每一个角落，希望能够弄清楚这座山到底有哪些实际资源。我们发现，除了那种对身体有害的榛果和一种气味难闻的辣根草之外，这山上再也找不到其他可供食用的东西，而且辣根草只生长在一小块不到四杆见方的土地上，用不了多久就会被吃光。如果我没记错的话，到了 2 月 15 日那天，辣根草已经一棵都不剩了，坚果也所剩无几，我们的处境开始变得极为糟糕。16 日那天我们又开始满山顶搜寻，希望能够找到一条出路，但依旧毫无结果。我们还重新爬下过那条使我们得以攀上平台的岩缝，抱着侥幸心理想在这条通道中找到通往大山谷的出口，结果依然是徒劳无功。但这个过程中我们找到了一支滑膛枪并把它带回了藏身之所。

17 日那天，我们又出发前往我们第一次寻路时到过的那个黑色花岗岩深谷，决定再进行一次更为彻底的勘察。我们记得山谷绝壁上有一道岩缝，上次只钻了一半，这次我们迫切地计划着一直钻到尽头，虽然对于在那里找到出口，我们并不抱太大希望。

同上次一样，我们并没费多大劲就来到了谷底，但这一次我们更加从容冷静地对它进行了更为仔细的观察。那地方的确是一个能够想见的最奇妙的所在，我们简直不敢相信它完全是大自然造化的结果。这条深谷从东端到西端贯穿整条通道大约有五百码长，但它由东到西的直线长度不过四十码或五十码（当然这只是我的估计，因为当时没办法进行精确测量）。刚往下走（即从山顶往下行一百英尺）时，深谷两边的峭壁看上去就迥然不同了，而且它们显然从未曾连接在一起，一边峭壁的表面是皂石岩，另一边的表面则是有金属质粒状物的泥灰岩。此处两面峭壁之间的平均宽度（或者可称作间距）大概有六十英尺，但形状构造并没有什么规律可言。越过这一界线继续往下，深谷便立刻变得狭窄起来，两边的峭壁也开始呈现出平行状态，尽管在之后的一段距离内，峭壁的岩质和形状仍然不尽相同。到了离谷底五十英尺的范围内时，四周便呈现出完美的规则匀称状。在这里，两边岩壁的岩质、色泽和走向都完全一致，岩质是一种乌黑发亮的花岗岩，两侧岩壁间距二十码，并且始终保持这种距离。幸运的是，那时我的笔记本和铅笔都带在身边，因此得以画下了这条深谷的准确形状，在随后的一系列探险过程中我总是小心翼翼地保存着它们，而正是多亏了它们我才得以记住许多细节，如果没有记录，估计很多细节都会被遗忘。

图一

这幅草图（见图一）基本上描绘出了那个深谷的大致轮廓，但它没有画出岩壁上的那几处小小的洞穴，那些洞穴对面的岩壁上都有一块对应的突出。深谷底部覆盖着一层极为细碎的粉末，厚度大约有三四英寸那样，我们发现这些粉末下面是与峭壁相连的黑色花岗岩。仔细观察该图，大家也许会注意到，该图右边底端有一段好像是个小出口，这就是上文曾经提到过的那道岩石裂缝，我们第二次进入深谷就是为了对这道岩缝进行更为细致的勘察。这一次，我们充满斗志地砍掉了长在岩缝里面的荆棘，搬开了一大堆锋利的箭镞形燧石，然后钻进了这条狭窄的岩缝里。虽然有荆棘燧石挡住去路，但岩缝远处透来的一丝光亮却给予我们排除万难、继续前行的勇气。最终，我们克服困难前进了约三十英尺远，发现那条岩缝原来是一个低矮的、形状规则的拱洞，洞底与谷底一样也铺着一层细细的粉末。就在此时，前面出现了一道强光，转过很短的转弯处，我们发现自己已经进入了另一条峭壁高耸的深谷之中，除了纵向轮廓不同之外，这条山谷在其他方面都与我们刚离开的那一条完全一样。其大致轮廓见下图（见图二)。

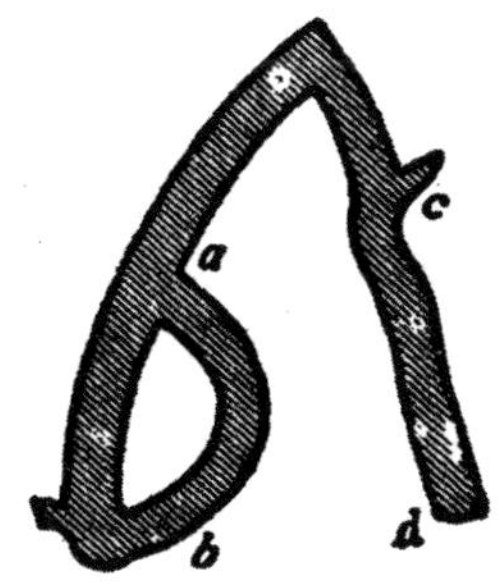

图二

这条深谷从开口处 a 点绕过弯道 b 点到终点 d，全长约 550 码。我们在 c 点处发现了一条狭窄的岩石裂缝，它的形状与我们从第一个深谷钻过来时所经过的那个拱洞一样，洞内也长满了荆棘，还有大量白色的箭镞形燧石。我们奋力挤过那个洞，发现它大约有四十英尺长，另一端的洞口连着第三个深谷。同样，除了纵向轮廓有些差别之外，这条山谷在其他方面都与第一条深谷很接近。(见图三)

我们发现，第三条深谷全长三百二十码。在 a 点处有一条约

图三

图五

六英尺宽的岩石裂缝，正如我们所想的那样，这条岩缝向内壁延伸了十五英尺就被一堵泥灰岩壁给挡住了，前面再也找不到任何缝隙。就在我们准备返身从这条光线昏暗的岩缝中退出时，彼得斯喊我让我看看岩缝尽头泥灰岩壁表面上的一组形状奇特的凹痕。这组凹痕虽然看上去有点粗糙，但如果稍微发挥一点想象力，左边、或者说最北边的那处凹痕也许可以被想象成一个有意凿出的人形，这个人直立着并向前伸出双臂。其余的凹痕有些像字母，而彼得斯则坚定地认为它们就是文字，虽然他得出这一结论毫无根据。但最终我还是找到证据让他承认了自己的错误，我叫他注意岩缝的地面，同他一起从粉末中一块一块地拾起了几大块显然是从岩壁表面脱落下来的碎片，这些碎片的凸角正好与那些凹痕相吻合，这样就证明了，它们的剥落纯属自然力作用，而非人为的结果。图四便是对那组凹痕的准确临摹。

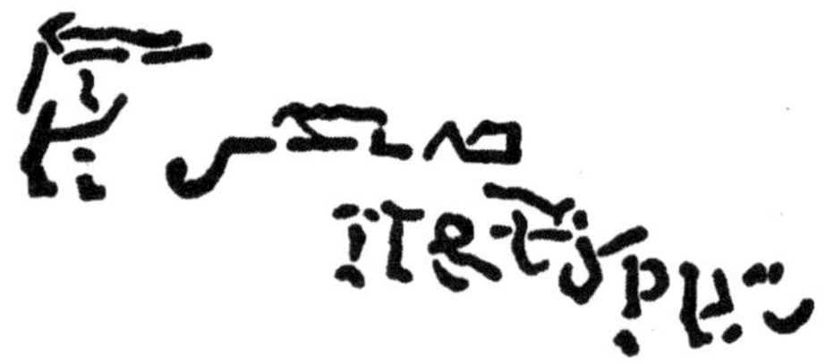

图四

我们确信，那些奇怪的洞穴不可能为我们提供逃生的通道，于是只好垂头丧气地爬回了山顶。在随后的 24 小时里并没有发生什么值得一提的事情，只是我们在第三个深谷的谷顶东面发现了两个三角形的深坑，坑壁也是黑色花岗岩质地。我们判断后认为不值得攀下那两个深坑去，因为它们看上去只不过是两口天然深井而已，下面极有可能是没有通道的。两个坑的周长都在二十码左右，其形状以及与第三条深谷的相邻位置如图五所示。

第二十四章

当月20日，我们感到光吃榛果已经再也无法维持生存的需要，而且那种果子吃了之后让人觉得非常难受，于是我和彼得斯决定孤注一掷从南面山坡下山。虽然说整个南面山坡（顶部距离底部至少有150英尺）陡峭得几乎呈垂直状态，并且还有多处甚至向山壁内侧凹进呈拱形，但岩壁的表面是软质皂石岩。经过反复查探，我们发现深谷边缘下方约20英尺处有一条狭窄的突出部分。我们将口袋里的手帕连接成一条绳索，然后在我的尽力协助之下，彼得斯跳到那块突出的岩架之上。轮到我跳下去时却远没有彼得斯那么轻松，但最终也安全到达了那里。这时我们发现，可以使用我们在山体坍塌、被掩埋在泥土之中时曾用过的方法爬下那道绝壁（那方法曾帮助我们从岩缝中爬出来）——也就是说，用我们的水手刀在岩壁上挖出下山的台阶。这样做所存在的危险简直是难以想象的，但既然已别无他法，那么我们决定死马当作活马医。

我们所站立的那条岩架上生长着一些灌木，我们将手帕结成的绳子的一端牢牢系在一棵灌木上，绳子的另一端则捆在彼得斯的后腰上，接着我将他慢慢放下悬崖，直到绳子完全绷紧。然后彼得斯开始在峭壁上凿洞（深度约为八至十英寸），还将洞上方一英尺左右处的岩石斜着削掉，以便后续行动的推进，并用手枪柄在平面上垂直敲进一颗尚算结实的木钉。然后，我把他往上拉了约 4 英尺那样，他在那里又凿了一个同样的洞，钉入了一颗同样的木钉，如此一来，手和脚便都有了攀附的地方。随后，我将绳子从灌木上解下，把一端丢给彼得斯，他把它系在了位于上面的一根木钉上，再慢慢滑到比他先前的位置还低约三英尺的位置(即绳子的长度允许他所能够到达的极限距离)，在那儿再挖一个洞，钉上一颗钉子，然后自己拉着绳子往上爬了一小段，脚就踏在刚刚挖好的洞里，手则拉住钉在上方洞里的木钉。接下来，彼得斯必须做的是解开拴在最上面那根木钉上的绳子，然后把它系在第二根木钉上。这时，他发现他自己犯了一个错误，那就是洞与洞之间的距离隔得太远了。于是他进行了两次很危险的尝试，但手还是够不着绳结（他用左手抓住木钉，试图用右手去解开绳结)。最后，他在离绳结六英寸远的地方砍断了绳索，把绳子的一端系在第二颗木钉上，同时使身体降到第三个洞的下方，这次他注意了保持适当的距离。就凭借着这种方法（我自己是绝对想不出这种方法的，一切都应归功于彼得斯的聪明和决心)，偶尔还借助岩壁上的突出部分，我的同伴终于成功并安全地攀下了那道绝壁。

轮到我时，我犹豫了很久都无法鼓起勇气效仿彼得斯的方法下到绝壁下面去，不过最终还是下定决心冒险一试。彼得斯下去之前脱下了他的衬衫，将其与我的衬衫绑在一起，便做成了这次冒险所必需的绳子。我先将从岩石裂缝中找回的那支滑膛枪丢下山崖，然后把衣服做成的绳子系在灌木枝上，再以很快的速度向下攀去，我希望能够借着迅速有力的动作来驱除自己内心的恐惧感，我想不出其他的办法来使自己不要那么害怕。下最初四五个台阶时这种方式还蛮奏效，但我很快便发现自己还是忍不住去想象身下的峭壁还有多高、承受我身体重量的木钉和岩石有多么的不牢靠，这样一来，心中便腾然升起了无法抑制的恐慌。我拼命想驱散这些念头，就让自己的目光一直聚焦于面前的峭壁表面上，却发现并没有什么效果。我越是努力压抑自己的想法，那些念头就越清晰得叫人毛骨悚然。最后，幻觉终于将我吞噬，这是在所有的类似情况下最可怕的一种状态，人一旦陷入这种状态之中，便会开始想象自己即将坠落深渊时的感觉——开始在心中描绘那种恶心、眩晕、垂死挣扎、半昏迷状态以及最后脑袋朝下急速坠落的痛苦。在那一刻，我觉得所有这些幻觉都是真的，所有想象中的恐惧也都真实存在。我感到自己的双膝在猛烈颤抖碰撞，抓住木钉的手也在慢慢地放松。一阵耳鸣袭来，我心想："这就是我的丧钟!"反正，我无论怎样做都无法压抑自己想朝下看的欲望。我无法也不愿让目光只盯着峭壁表面。于是我怀着半是恐惧、半是解脱的疯狂而无可言状的情感，终于低头朝脚下的深渊看去，抓住木钉的手指顿时一阵痉挛，大脑中立刻朦朦胧胧地闪现了无法逃生的念头——紧接着，整个心灵都被想要坠落的欲望所充斥，那是一种向往、一种渴望、一种无法控制的激情。我马上松开了原本抓住木钉的手，站立在悬崖上半转过身子，贴着岩壁摇晃了片刻。但此时一阵头晕眼花的感觉袭来，耳边突然响起了一种尖厉不真实的声音，一个可怕而朦胧的身影突兀地出现在我下方。我叹了口气便向下坠落，心神似乎已经飞离了身体之外，然后一头栽进那个身影的怀抱里。

我晕了过去，刚才我栽下去时是彼得斯抓住了我。他一直站在悬崖下注视着我的一举一动；当观察到我身处危急状态时，他曾想方设法向我提供建议，希望让我鼓起勇气，可当时我神志不清，根本没听清他对我说了些什么，或者说根本没意识到他在对我讲话。最后他见我摇摇欲坠，便尽最快的速度爬上峭壁来救我，刚好将我一把抓住。当时我要是带着全身重量直接往下坠落，那根亚麻布结成的绳子肯定会被拉断，而我则无可避免地会掉进深渊。幸好他设法减缓了我下落的态势，使我得以安然无恙地悬在空中，直到重新恢复生机。我从昏迷到苏醒大约历经了十五分钟，醒来时恐惧感已经完全消失；我觉得自己体内萌生出新的活力，彼得斯稍稍帮了一下忙，我便也终于能够平安地到达山脚。

这时我们发现自己身处的地方离埋葬了我们那些朋友的山谷并不太远，现在我们就在山体坍塌处的南边。这条峡谷非常偏僻，入目一片凄凉，不禁使我想起了旅行者们所描述的沦亡的巴比伦遗址上所见到的那种苍凉之景。抛开杂乱无章的堵在峡谷北端的残崖裂壁不谈，光是我们周遭的地面上就到处耸立着貌似荒冢古墓的土丘和石堆，仿佛是一些巨大建筑的废墟，但无论多么仔细的观察，也看不出有人工斧凿的痕迹。这里遍地都是火山熔岩，还有大块大块形状怪异的黑色花岗岩石，此外可见一些泥灰岩石分布其间，两种岩石的表面都有金属质感的颗粒。一眼看去，整条峡谷荒凉不见草木，岩石间或可见几只正在爬行的大蝎子，还有各种一般在其他高纬度地区无法得见的爬行动物。

我和彼得斯的当务之急是找到食物，于是便决定前往不到半英里之外的那片海滩，去设法捕获我们曾从山顶藏身之处看见过的那几只海龟。我们在高高耸立的岩壁荒丘中间向前行走了几百码远，刚转过一个岩角，突然从一个小洞穴里跳出来五个野蛮人，一棍子就把彼得斯打倒在地。那五个家伙眼见彼得斯倒下了，便全部扑上去想把他捆绑起来，这给了我足够的时间让自己镇定一下受惊吓的心。虽然我随身带着那支滑膛枪，但我把枪扔下山崖时枪管已经受到了严重的损坏，所以我将它丢到一边，因为比起这只滑膛枪，我更相信自己一直细心保管着的两支手枪。我拔出手枪冲向敌人，在两支手枪接连开火的攻击下，两个野蛮人在枪声中倒下，另一个正准备用矛刺彼得斯的野蛮人停住手上的动作惊跳起来。我的伙伴彼得斯因此得以脱身，如此一来我们对付那几个家伙就不再有什么困难。彼得斯也有手枪，但他却非常精明地没有使用，因为他更相信自己的臂力，据我所知他的力气可是少有人能比得上的。他从一个倒下的野蛮人手里抓起一根木棍，一棍一个，转瞬之间就把剩下的三个野蛮人打得脑浆迸裂。这次战斗以我们大获全胜告终。

这一切发生得实在太过突然，我们几乎有点不敢相信眼前这一幕是真的。正当我们还站在那几具尸体旁边发呆时，远处传来的一阵呐喊声使我们猛然回过神来。显然，刚才的枪声惊动了其他的野蛮人，我们基本上已经无法继续隐藏行踪。如果要再次攀上悬崖，我们得冲着传来呐喊声的方向奔跑，但即使我们能够抢先到达山脚，也不可能在被野蛮人发现之前就爬上山顶。当时的处境真可谓千钧一发，而正当我们犹豫不决、不知道应当选择哪条路逃生时，一个我以为已经被手枪打死的野蛮人从地上一跃而起，撒腿就跑，不过他没跑几步就被我们追上了。我正准备将他干掉，彼得斯提议说可以强迫他陪着我们一起逃，这样的话我们也许能有更多的生机。于是我们让那个野蛮人跟在身边，并让他明白，一旦他做出反抗之举就会被手枪击毙。只花了一会儿工夫他就完全顺从了我们，开始陪着我们穿过乱石堆向海边跑去。

现在，整个大海完全展露在我们眼前，距离我们可能只有两百码之遥；而在此之前，我们只能偶尔看到海面的一角，因为大海一直被起伏不平的群山所遮挡。我们刚一踏上开阔的海滩便惊恐地发现，野蛮人已经从村子里蜂拥而出、正成群结队地从四面八方向我们包抄过来，他们一个个来势凶猛，还像野兽一样的吼叫着。我们正想转身退回地势更加崎岖偏僻的山地，忽然发现从一块延伸至海中的巨石后面露出了两只独木舟的船头。我们拼尽全力冲到独木舟跟前，发现它们既无人看守也没有装载任何货物，小舟里只有三只加利帕戈巨龟和通常为六十名划船手准备的船桨。我们立刻跳上其中一只独木舟，并迫使我们的俘虏也一同上船，然后我们便使出全身所有的力气一齐向海面上划去。

我们刚划出五十码远，情绪便慢慢地镇定了下来，然后立刻就意识到我们犯下了一个巨大的错误：竟然将另一只独木舟留给了野蛮人！而此时他们距离水边只有一百码那样，而且一个个行走的速度飞快。显然，现在已经到了火烧眉毛的紧要关头了。虽然能否纠正之前所犯下的错误只能寄希望于有足够的好运气，但除此之外我们别无其他选择。即使我们这会儿竭尽全力划回去，也很难抢在野蛮人之前夺下那只独木舟，但是毕竟还有一丝成功的希望。万一成功了，我们就有可能得以死里逃生；而如果我们放弃这一尝试，那就无异于将自己放在砧板上任凭野蛮人宰割。

我们正在驾驶的这种独木舟两端造型相同，因此要回到岸边去我们无需掉头，只要改变划桨的方向就可以。看见我们开始往回划，岸上的野蛮人吼得更响、跑得更快了，他们以惊人的速度冲向水边。但我们使出吃奶的劲拼命划着，终于与冲在最前面的一个野蛮人同时赶到剩下的那艘独木舟跟前。这家伙为他敏捷的身手付出了昂贵的代价，因为他刚一冲到水边就被彼得斯一枪打穿了脑袋。等我们将那只独木舟抓到手时，紧随其后的那些野蛮人离水边只有二三十步之遥了。我们赶紧奋力将那只独木舟拖向野蛮人无法企及的深水处，但随后发现它搁浅了，怎么推都纹丝不动，在这刻不容缓的紧要时刻，彼得斯果断地抓起滑膛枪向小舟猛砸下去，砸下了一截船头和一大块舷侧板，然后我们迅速划船离开了岸边。这时，两个野蛮人已经死死地抓住了我们的独木舟，我们不得不用刀了结他俩。我们终于摆脱了当地人的追赶，在海上划出了较远的距离。这时，大批野蛮人已经追到了海边，但只能站在岸上气急败坏地发出惊天地泣鬼神的嚎叫。从我亲眼得见的每一件事情来看，这些野蛮人的确是地球上最邪恶、最虚伪、最恶毒、最凶残、最类似于魔鬼的那个种族。毋庸置疑的是，当时如果我们落到他们手里，那铁定小命不保。他们曾疯狂地企图乘坐那只破独木舟来追赶我们，结果发现那只小舟已经无法使用，于是便发出一阵可怕的怪叫，一窝蜂地冲向了山间。

现在，我们暂时摆脱了迫在眉睫的危险，但情况仍旧不容乐观。我和彼得斯只知道那些野蛮人一共有四只独木舟，但却并不知道其中两只已在“珍妮·盖伊”号爆炸时被炸成了碎片（后来我们从俘虏口中得知这件事情）。因此我们总是认为那些野蛮人一旦绕到约三英里外他们平时停船的海湾，便会再次很快地追赶上来。正是出于这一忧虑，我们便拼尽全力地划桨，希尽可能地远离那座海岛。我们强迫那名俘虏和我们一齐划桨，独木舟以飞快的速度前进着，约摸半个小时之后，我们已经向南划出了五六英里那样，此时我们看见许多平底船驶出了那个海湾，显然是那些野蛮人想要来追赶我们。不过他们很快就发现已经没有希望追上了，只好悻悻然掉转船头回去。

第二十五章

此刻，我们正身处于苍茫萧索的南极洋面上，具体方位在南纬84°以南，驾驶着一条并不结实的独木舟，除了三只海龟以外并无其他的给养。极地漫长的冬天离我们越来越近了，是时候认真考虑何去何从的问题了。附近海面上有六七座岛屿，它们属于同一群岛，岛与岛之间的距离约为五六里格，但我们都不敢冒险靠近。之前“珍妮·盖伊”号一直向着南方航行，已经将最危险的浮冰区域远远地抛在了身后，尽管这一点与人们普遍接受的关于南极地区的概念非常不一致，但它却是我们亲身经历得出的结论，是我们所无法否认的事实。因此，这时转而向北航行是一种愚蠢的行为，尤其是已经到了年末岁尾时分。现在看来只剩下一条路还有通行的希望。我们决定勇敢地向南推进，因为那样至少还存在发现别的岛屿的可能性，而且也有可能会遇上更温和一些的气候。

到目前为止，我们发现同北冰洋一样，南极海域也没有出现狂风巨浪，这有些奇怪；不过我们的独木舟虽说体积不算小，但无论如何也是经不起大风大浪的，于是我们开始动手忙着用所能选择的有限手段尽量去加固船身。独木舟的主体部分是用一种树的皮做成的，那是一种我们从未见过的树皮；辅助材料则是一种质地坚韧、非常适合造船的柳木。独木舟长约 50 英尺，宽约 4 至 6 英尺，舷侧从头到尾都高约 4 英尺半，因此，这种独木舟的形状与文明人所知的南半球海洋其他居民所使用的船只都存在很大差异。我们很难相信，这种独木舟的制造者是那些愚昧的岛民。几天后我们询问俘虏后才得知，这几艘小舟是偶然被那些野蛮人占有的，它们的建造者是另一个岛上的土著，该岛位于我们发现独木舟的那个群岛的西南方。其实，我们能够使用的加固船体的方法并不多。独木舟两头有几道较宽的裂缝，我们撕破羊毛衫设法将它们堵住。小舟里面有许多多余的长桨，我们便以它们为材料在船头支起一个框架，用来撞碎任何有可能打进船里来的海浪波涛。我们还竖起两支桨作为桅杆，两支桨相对而立、分别插在两边的舷侧，如此一来就不需要帆桁了，然后，我们在桅杆上挂起风帆，帆是用一块衬衫布缝成的。制作风帆这件工作稍为要麻烦一点，因为尽管我们的俘虏很愿意为我们做任何其他的事情，可就是不愿意帮我们做帆。对他而言，亚麻布似乎有着非常奇怪的影响，因为他无论如何也不肯摸一下或者靠近我们的衬衫，当我们试图强迫他这么做时，他吓得浑身发抖，还不住地尖声叫着“特克力——力!”

加固工作完成之后，我们便暂时朝东南偏南的方向航行，目的是安全绕过那座群岛最南端的岛屿。过了那座岛屿之后，我们便开始朝着正南方向前进。天气好得无可挑剔。稳定而柔和的微风一直从北面吹拂而来，海面上很平静，白天时间很长，四周也看不见冰块，自从经过贝内特岛所在的纬度之后我就再也没见到过冰了。事实上，这里水的温度很高，因而绝对不可能有冰出现。我们宰杀了最大的一只龟，有了丰富的食物和大量的淡水之后，平平安安地一连航行了七八天。在这几天时间里，帆船毫无疑问已经向南航行了很远的一段距离，因为我们不仅始终顺风顺水，而且还有一股强大的海流一直助推着我们的船向南方挺进。

3 月 1 日。今天，很多异常现象都表明我们正在进入一个全新、奇特的区域。南方的地平线上一直高高地悬挂着一长条淡灰色的雾气，雾气顶端偶尔会闪出几条光带，光带有时候自东向西、有时候又自西向东地发光，其顶部则呈现出平展的状态——简而言之，它具有北极光应有的一切变化。从我们当时所在的位置看过去，雾团平展的顶端与我们的视点形成了一个大约 25°的仰角。水温似乎还在不断升高，水的颜色也发生了非常明显的变化。

3 月 2 日。今天我们一再盘问那名俘虏，终于了解不久前发生屠杀事件的那座岛、岛上的居民及相关风俗的很多情况——但是此时此刻我怎能用这些杂七杂八的信息来分散读者的注意力呢？不过，有些信息我也许可以稍稍提一下。我们得知那个群岛一共包括八座岛屿，它们都由同一个酋长统治，该酋长名叫特萨勒猛或普萨勒猛，他住在最小的那座岛上；那些武士身上所穿的黑色兽皮取自于一种巨大的野兽，这种野兽只出没于酋长住处附近的山谷里；这些岛上的居民只会制造平底船，那四只独木舟(他们仅拥有的四只独木舟）是他们偶然从西南方一座大岛上弄来的；我们的俘虏名叫努努——他从来没有听说过贝内特岛——

我们离开的那座岛名叫特萨拉尔。特萨勒猛和特萨拉尔这两个词的首音都带着一种延长的嘶嘶声，我们发现自己不大可能模仿这种声音，即使一再努力也无法将这个音发准，可以说它与我们在山顶上吃的那种黑毛野鸡的啼叫声是一模一样。

3 月 3 日。周遭的海水温度已经高到令人吃惊的程度，水的颜色也在发生急剧变化，变得不再透明，浓度和颜色都与乳汁相似。我们附近的海水很平静，虽有些波浪，然而却远不到会危及独木舟安全的程度——但我们却时不时地会看到左右两侧距离不等的远方，海面上经常会出现大范围的涌流，这让我们感到非常惊骇。最后我们还注意到，海面发生涌流之前，南边天际的那一片雾霭之中总会出现一阵强烈的闪光。

3 月 4 日。今天从北方吹来的风明显减弱，我从衣服口袋里掏出一块白色手巾，想要将风帆加宽一点。当时努努就坐在我身旁，当白色的亚麻手巾突然从他眼前闪过，他突然一阵痉挛，随后就变得呆滞恍惚，嘴里还一直咕哝着“特克力——力！特克力——力！”

3 月 5 日。风已经完全停息，但在强大的涌流的推动下，我们显然还在以极快的速度向南航行。从当时的情形来看，我们如果对正在经历的一切心生恐惧也是正常的——但我们并没有任何惊恐的感觉。彼得斯也没有表现出任何惊恐不安的神色，尽管他的脸上不时的会流露出一种让我看不透的神情。极地的冬天似乎正在来临——但其的到来并没有让人觉得可怕。我感觉到身体和头脑都有点麻木——只是一种朦朦胧胧的感觉——仅此而已。

3 月 6 日。地平线上升起更高的雾气，一片灰蒙蒙的，并且其颜色正在逐渐变得没有那么灰了。海水的温度已经升高至热水的程度，触之甚至有些烫手，它还呈现出较之前任何时候都更为明显的乳白色。今天，在离独木舟很近的海面上发生了一次海水激荡，这次激荡依然伴随着雾团顶端的一阵强烈闪光而来，而且其底端与水面也发生了瞬间的分离。当雾团中的闪光消失、大海的激荡逐渐平息之后，一种像火山灰——但肯定不是火山灰——细细的白色粉末洒落在独木舟和辽阔的海面上。这时，努努捂住脸趴在船底，无论我们怎样哄劝他也不肯站起身来。

3 月 7 日。今天，我和彼得斯问努努，他的同胞出于什么动机要屠杀我们的伙伴，但是他看上去好像受到了重度惊吓，无法神志清醒地回答我们的问题。在我们一再的追问下，他只是做出了一些傻里傻气的示意动作，例如用食指掀起上嘴唇，露出嘴里的牙齿等等。他的牙齿是黑色的，在此之前我们还真没观察过特萨拉尔岛上居民的牙齿。

3 月 8 日。今天有一头在特萨拉尔岛海滩上导致野蛮人集体情绪激动的那种白色猛兽从独木舟旁边漂过。我原本打算将它捞上小船，但突然感到一阵倦意袭来，于是便放弃了这一打算。周遭的水温还在持续上升，将手放在水里多泡一会儿都让人觉得难以忍受。彼得斯很少讲话，我弄不清楚他那种冷淡漠然到底是在传达什么意思。努努还有呼吸，除此之外没有其他特征显示他还活着。

3 月 9 日。大量密集的白色粉末不断地洒落在我们周围。南边的雾气也已然升得很高，轮廓也开始变得更加清晰。我想只能将它比作一道浩渺无边际的瀑布了，这道“瀑布”正从天上的某座堡垒悄然翻落进苍茫的大海之中。巨大的水帘绵延横贯了整个南方地平线，然而它却是悄然无声的。

3 月 21 日。今日，一片浓重的黑暗悬在我们的头顶上方，但乳色海水深处却浮现出了一片光亮，光亮在独木舟的舷侧无声地滑动着。漫天而下的白色粉末使我们几乎无法忍受，阵雨般的白粉落进水中便融化了，但落在我们身上的却会凝结起来，还有很多堆积在独木舟里。那道瀑布的顶端已经完全隐没在头顶上方的黑暗天幕之中，但我们显然正在以可怕的速度飞快地朝着它驶去。时不时的，我们可以看见水帘上裂开一道道宽宽的裂口，但却转瞬即逝，豁口中能看见许多飘忽不定、隐约朦胧的幻影，一阵阵猛烈得异乎寻常但却无声无息的狂风从豁口袭来，狂风将闪光的海面生生撕裂。

3 月 22 日。周遭的黑暗更加浓重，只有位于我们面前的那道白色水帘所反射出的水光才能稍稍减轻黑暗程度。无数苍白的巨型大鸟不断地从水帘那边飞出来，当它们在我们眼前轰然飞散开来时，会发出不绝于耳的啼鸣声："特克力——力!"趴在船底的努努听到这种声音动弹了一下，但当我们摸索到他时，发现他已经灵魂出窍、魂归西天了。这时，我们的船冲进了那道瀑布，迎面一条缝隙豁然裂开，缝隙中显现出了一个披着裹尸布的人影，其身材远比任何普通人的身材要高大许多，皮肤的颜色是像雪一样的纯白色。……

附　记

皮姆先生最近不幸猝然离世，公众已经通过新闻媒介得知了有关此事的详细情况。人们担心，本故事尚未发表的最后几章会因为他的猝然离世而无可挽回地丢失了，因为前文付诸排版印刷之时，最后几章文稿还在由他进行校订。不过，实际上的情况也许可以证明公众不必太过担心，假若那些文稿最终能够失而复得，那么一定会被尽快地公之于众。

然而，可以弥补目前缺陷的各种办法全都已经一一尝试过了；而根据作者在序言中所说的，他提及姓名的那位先生也许能够填补这一空白，但那位先生却不愿意承担此项任务——他列举了两条颇有道理的理由，一是作者向他提供的细节总体而言还不够精确，二是他怀疑后面部分的叙述内容可能并不完全属实。可望提供一些相关情况的彼得斯还活着，目前居住在伊利诺伊州，但我们暂时无法与他取得联系。或许以后会有机会找到他，他也肯定很乐意提供素材，使皮姆先生的故事拥有一个结尾。

如果后面两三章（因为只剩下两三章了）真的丢失了，那将更令人深感遗憾，这不仅仅是因为该部分肯定讲到了极点的一些情况，或者至少谈及了紧挨极点的那些区域的一些相关信息，而且还因为作者关于这些区域的描述也许在不久的将来便会得到正准备前往南极海域的官方考察队的证实或否认。

这些叙述中有一点也许值得稍加评论一番——如果这样的评论能够多少帮助读者相信在此发表的这些看似十分奇特的记录，那么本篇附记的作者将会感到万分欣慰。我们所要评论的是在特萨拉尔岛上发现的那几个深谷，以及第二十三章中所附的几处图形。

皮姆先生画出了那几个深谷的图形，但却没有加以评述，不过他肯定地认为，在最东边那个深谷尽头岩壁上所发现的凹痕与字母符号相似，那只是根据想象得出的，换句话说，它们绝对不是符号。得出这一结论其实并不需要太过复杂的方式，证据十分确凿（从地上粉尘中发现的碎片的凸角恰好与岩壁上的凹痕相吻合）。对此，我们应当选择相信作者的严肃态度，但凡明智的读者都不该再生出其他的想法。但是，因为与上述图形有关的事实看上去不同寻常（尤其是联想到正文中的那些陈述），加之这些事实的确没有引起坡先生的注意，所以我们最好就此多讲几句。

假如严格地按那些深谷本身的顺序将图一、图二、图三和图五逐一连接起来，然后去除其中的一些小枝节，也就是说拱洞（必须记住的是这些拱洞的作用只限于连通深谷，其性质与深谷本身是完全迥异的），这就构成了古埃塞俄比亚语中的一个动词词根——ጸለመ፡（“暗”）——由此可以派生出所有关于“暗”或“黑”的曲折变化。

图四中“左边或最北边”的凹痕，彼得斯的判断极有可能是正确的，也就是说那组象形文字似的图案真的是人工斧凿而成的，该图案被有意凿成了一个人的形状。该图案现在就摆在读者面前，大家尽可以自己判断其是否像人形，但除这之外其他的凹痕则为彼得斯的看法提供了有力的证据。上面一排凹痕显然是阿拉伯语动词词根ابيض（“白”）——由此可以派生出所有“亮”和“白”相关的曲折变化。下面一排凹痕则并不那么清晰明了，其所呈现的符号多少有点支离破碎；然而，毋庸置疑的是，当它们处于完好状态时所形成的是一个完整的古埃及语单词ⲠⲀϢⲨⲢⲎⲤ（“南方之域”）。读者应当注意到，这番解释证实了彼得斯关于最北边那组图案的看法。该图中人的手臂正是指向南方的。

这一结果为接下来的思索和令人激动的推测开辟了一片广阔的天地。或许可以认为，这些字母符号与叙述中那些最为不清不楚的事情有关，尽管现在还无法看出这根链条是否完整。特萨拉尔岛的土著人在海滩上发现那具白色猛兽的尸体时所发出的惊叫声是“特克力－力!”那名被俘的特萨拉尔岛民看见皮姆先生手中的白色织物时所发出的惊恐叫声也是“特克力－力!”当那名俘虏看见从南方白色雾帘中急速飞出的白色巨鸟时又大叫着“特克力－力!”特萨拉尔岛上没有一样东西是白色的，而后来向南航行过程中所见之物的颜色则多为白色。如果从语言学的角度来进行一番细致的考证，揭示“特萨拉尔”这个岛名的奥秘并不是没有可能的。它要么与岛上那些深谷本身存在着某种联系，要么与那些以一种神秘的方式书就的古埃塞俄比亚语字符有着某种渊源。

“我已将此铭刻于群山之中，我已把尘土之上的报复雕刻于岩石之间。”